이 사람을 기른
어머니

이 사람을 기른
어머니

고경숙 지음

이 사람을 기른 어머니들의 든든한 육성

"신은 모든 곳에 있을 수 없기에 어머니를 만들었다"는 말이 생각난다. 앞날을 살아나갈 자식에게 사람됨의 틀을 잡아주는 건 예나 지금이나 어머니 몫이다. 비범한 어머니만이 비범한 자식을 기른다.

"내 자식이지만 내 꿈대로 자라달라고 주문하기보다는 제멋대로 무엇인가를 해주기를 더 바랐어요."

국민배우로 불리는 최불암이 〈수사반장〉으로 한창 명성을 떨치던 1970년대, 그 어머니 이명숙 여사의 말이다. 자기 시대

부모들은 너무 자식을 구속했다며 적어도 자식의 장래를 이래라저래라 하는 어미는 되지 않겠다는 결심이었노라고 딱 부러지게 말했다. 이름 석 자보다 '명동술집 은성 여주인' 하면 떠오르는 인물인 그분은 그때 놀랍게도 신수동 시장 어귀의 조그만 은성 신발 가게 주인이었다. 아들은 자기가 아무리 말려도 일을 좋아하는 어머니의 고집만은 못 꺾었다고 했다.

손수 나를 데려가 그 가게를 보여준 이 여사는 말했다. 해거름에 연탄 배달하는 아버지가 빈 연탄 리어카에 아들 녀석을 태우고 운동화를 사주러 온단다. 가난한 아버지일수록 아이들 신발을 제일 고급으로 달라고 하는데, 너무 비싸도 무리일 듯싶어 웬만한 것을 내주면 으레 "더 좋은 것 없나요?" 한다고. 기어코 제일 비싼 운동화 한 켤레를 사 신겨서 돌아가는 아버지 자신의 신발은 바닥이 아예 닳아 없어지고 둘레와 뒤축만 남은 고무신이란다.

이 여사는 가게에 앉아 장터를 지나가는 행인들의 발을 유심히 내다보다가 남루한 신발을 보면 쫓아 나가 발에 맞는 신발 한 켤레를 들려주곤 했다. 가난한 문인들의 목마름을 축여주던 그녀의 옛 시절 막걸리 한 사발을 떠올리게 하는 소중한 에피소드였다. 젊은 날 빼어난 미모로 무대에 올라 장안을 울린 여배우의 관록이 아니라도 결코 평범한 분이 아니었다.

출판계의 거물이 된 아들 조우제를 길러낸 어머니 홍정애 여사의 비결은 무간섭주의였다. 자식이 실수한 것을 봐도 일부러가 아니라 진정으로 관용하는 어머니. 아무나 흉내 낼 수 있는 일이 아니다. 더러 잘못되더라도 스스로 깨닫고 제 위치로 돌아설 때까지, 최소한 어미만이라도 끈질기게 참고 기다려주어야 한다고 강조했다.

초원의 날개를 접은 학처럼 고아한 품격에서 한 치도 벗어나보지 않은 듯한 이 여인은 자식 문제는 부모부터가 짧게 생각하면 그만큼 비틀걸음이 오래간다고 따끔침을 놓았다. 한 명의 탁월한 인물이 저절로 그리되었을 리 없다. 오직 어머니의 인고에 찬 관용이 오늘의 존경받는 인물을 만든 것만은 틀림없다. 말은 쉽지만 그럴 수 있는 어머니가 과연 몇 명이나 될까.

천년 거목을 돌보듯 자식을 키운 어머니, 한국문단의 거목이 된 이병주 작가의 어머니 김수조 여사는 그녀 자신도 거목이었다.

"세상의 부모 가운데는 토마토를 기르듯이 자식을 기르는 부모와 거목을 돌보듯이 자식을 기르는 부모가 있어요. 가는 줄기를 받침대로 받쳐주고 열매를 맺게 하여 받침대 없이는 한시도 살지 못하는 토마토처럼 나약한 인생을 만드는 것은 순전히 어머니의 책임이라고 봐요. 때로는 냉정하고 무관심할 줄 알아야 자식이 오래 버티는 강한 사람으로 클 수 있어요."

자식을 한해살이 토마토가 아니라 천년을 버티는 거목으로 키워낸 그 안목과 뱃심이 부럽다. 우리가 신문이나 방송, TV를 통해서 보아온 명사의 모습은 한 그루의 나무나 식물에 비유한다면 열매다. 어머니는 흙 밑에 가려진 뿌리다. 열매만으로는 몰라보았던 점을 뿌리나 줄기의 원모습을 헤쳐 보고 새삼 실감할 때가 많았다.

어머니와 자녀의 생활은 서로 다르다. 태어난 환경이 다르니 생각도 다르다. 꿈도 욕망도 다르다면 다르다. 그런데도 굵고 질긴 끈으로 한데 묶여서 느껴진다. 뿌리와 열매야말로 돈독한 모자, 모녀 관계의 상징이다. 만고풍상을 몸소 겪으며 살아오면서도 든든한 뿌리로 자식을 버텨준 어머니들은 서로 닮았다. 그녀들은 아무리 어려웠어도 자식 앞에 눈물을 보이지 않았다.

박완서 작가는 자신이 오 남매의 어머니가 된 후에야 비로소 어머니의 속마음을 알 수 있었다고 털어놨다. 7세, 14세 두 남매를 이끌고 낯선 서울 땅을 밟은 후 줄곧 삯바느질로 생계를 이으며 온갖 수난을 몸으로 막아낸 어머니 홍기숙 여사였다. 자식에게 뼈를 깎는 사랑을 부어준 어머니지만, 자라서 품을 떠나 자식을 길러본 연후에야 무엇 하나 갚아주기를 기대하지 않았던 어머니의 담담한 마음을 알 듯했단다.

그녀의 소설 『엄마의 말뚝』의 주인공인 홍기숙 여사는 한국전쟁 때 외아들을 잃고 하늘이 무너지는 참척 앞에서도 딸에게 눈물을 보이지 않던 무서운 어른이었다. 어떻게 그런 일이 가능했을까.

언론계와 문학계의 여걸 조경희 수필가의 어머니 윤의화 여사는 딸이 다섯 살 되던 해 도미한 부군이 해외에서 종교에 귀의하여 사제의 길을 걷는다는 소식을 듣는다. 그 후 생이별의 고독 속에 여생을 보낸 그녀였지만 자식들 앞에 슬픔을 내색하지 않았다. 딸 앞에도 의연함을 잃지 않던 참으로 바다 같은 모정을 지닌 여인이었다. 60대가 된 딸이 그 어머니 옆에서 힘주어 말하던 모습이 눈에 선하다.

"어머니 세대가 우리에게 해주셨던 역할을 이제 내 자신이 딸에게 베풀어야 할 차례예요. 우리 어머니 세대는 자기 몫을 남기지 않고 모든 것을 자식에게 주는 희생적인 모정의 세대였지만 우리는 거기엔 한참 못 미칠 거예요."

수영 한국 신기록 50회를 혼자 이뤄낸 인간 물개 조오련 선수의 신화가 가능했던 것도 어머니 김용자 여사의 굳은 심지가 바탕이 되었다. 어린 아들이 우연히 남의 정원을 지나다 몰래 꺾어온 꽃을 사죄의 편지와 함께 제자리에 갖다 놓게 한 어머니. 작은 일 하나에도 옳고 그름을 가려내던 그 올곧은 심성이 불굴의 신념을 불태운 인간 조오련을 있게 했다. 민족대표 33인을 기리며 '독도 33바퀴 헤엄쳐 돌기 프로젝트'를 성공시켜 세계를 놀라게 하던 조오련 선수였다.

영문학자 나영균 교수와 서양화가 나희균 자매를 기른 어머니 배숙경 여사의 교육법은 한마디로 신사교육이다. 단 한 번도 아이들을 꾸짖어본 적이 없었노라는 말이 믿어지지 않는다. 회초리는커녕 평상시의 나직한 말씨에서 조금 높은 소리로 말하는 법도 없었다는 것이 두 딸의 증언이다. 배 여사의 교육 1조는 어떤 실수에도 절대로 아이들을 나무라지 않는다는 스스로 세운 원칙이자 신념이었다.

"어른이 아이들을 깍듯이 대하면 아이들도 달라지는 것 같아요. 아이들을 되도록 정중하게 대해주고 그 애들이 스스로 정중하게 살아가게 하고 싶었어요."

이건 자식에 대한 굳은 신뢰가 없고는 실천하기 어려운 일이다. '편애 없고, 강요 없고, 항상 우리 편'이라는 게 두 자매의 어머니에 대한 자랑 겸 칭찬이었다.

이 어머니의 특징을 하나 더 든다면 '개성 기질'이다. 부러울 것 없는 상류 가정이었지만 어머니는 늘 자식에게 짠돌이였다. 공부할 수 있는 여건은 빈틈없이 갖춰주었지만, 용돈만은 예외였다. 섭섭하리만큼 빠듯하게 주었다고 두 자매가 이구동성이다. 어릴 땐 용돈을 호주머니에 넉넉히 넣고 군것질이나 영화 구경을 하는 아이들이 부러워 속으로 원망도 했었는데, 나중에 보니 어머니의 지혜가 짜낸 전략이었다. 삶에서 경제만큼 중요한 게 없다는 어머니의 가르침이 각인된 대목이었다.

우리나라 파이프오르간의 독보적 주자인 곽동순 교수를 기른 어머니 이영옥 여사는 그녀 자신이 피아니스트였다. 대학 강단에서 피아노를 가르치며 일생을 보낸 이 여사였지만 단독 리사이틀을 열 생각을 해본 적이 없었다고 해서 놀라웠다. 이 세상의 어떤 피아니스트가 연주회를 열고 싶지 않을까. 아예 스스로의 명성과 야심을 안으로 접어 넣은 채 그녀는 근검절약하며 조용히 어머니 자리를 지켜온 여인이다.

그 대신 딸을 위해서라면 단 한 푼도 아끼지 않았단다. 음악 예술은 수많은 연주회를 필요로 하기 때문에 단순히 재능만 가지고서는 꽃피우기가 어렵다. 한 사람의 천재를 기르기 위해선 주변의 누군가가 반드시 그 비용과 노력을 지불해야 한다.

"어머니 자신이 평생 예술 활동을 하시는 분이었지만 어릴 때 저희 세 자매에 조금도 불편을 끼치지 않으려고 늘 자신을 희생하셨어요."

이것은 곽동순 교수의 어머니 자랑이자 감사의 마음으로 바치는 헌사이기도 하다. 집안 식구들이 불편을 느끼지 않을 만큼 아마도 어머니의 많은 잔손질이 아무도 몰래 이 가정에 필요했을 것이다. 딸의 섬섬옥수에 비하면 이 여사의 마디진 두 손은 예술가라기보다 일손 세찬 주부들 손을 닮았다.

여자가 예술과 가정을 병립시키기란 정말 어려운 시대라는 것을 너무도 잘 알았던 이 여사는 딸이 성장할 수 있는 여건을 만들기 위해 자기 자신을 기꺼이 바쳤다. 일부러 딸에게 살림도 가르쳐주지 않았다.

딸을 대성시키려는 어머니들의 집념은 정말 남다른 것 같다. 바이올리니스트 김남윤 교수를 길러낸 정경선 여사도 그랬다. 김남윤 교수는 갓 도미했을 무렵만 해도 엄마가 보고 싶다고 날마다 전화통에 매달려 울던 어린 딸이었다.

"내가 미국에 건너가서 한동안 남윤이 옆에 있기도 했지요. 아파트에서 저녁을 해놓고 연습에서 돌아오는 그 애를 기다리노라면 내 이 정성이 언젠가는 헛되지 않겠지 하는 자신이 생기곤 했어요."

그녀는 딸이 어릴 때부터 가혹하리만큼 꾸준한 맹연습을 시켰다. 훌륭한 연주자가 되는 길은 얼마나 많은 연습 시간을 가졌느냐에 달려 있다고 어머니는 굳게 믿었다. 남윤은 어머니의 닦달이 서러워서 혹시 진짜 엄마가 아니지 않을까 의심도 했었단다.

어려서 식구들 모두가 휴일에 외출이라도 할라치면 어머니는 꼭 남윤만은 집에 두고 나갔다. 세상이 두 쪽이 나도 레슨 시간만은 빼놓을 수 없다는 어머니였다. 그러나 그런 채근과 열정이 함부로 시작된 것은 아니다. 조기 재능 교육의 강행에 대해서 김남윤 교수는 뜻밖에도 반대였다.

"열 명 중에 서넛은 꼭 전혀 그럴 필요가 없는 아이들인데도 어머니들의 강요에 못 이겨 따라와요. 그건 순전히 재물 낭비일 뿐 아니라 다른 재능을 닫아버리는 폭력일 수 있어요.

어릴 땐 아무리 음악의 천재라 하더라도 연습이 달갑지 않아요. 연주 연습은 반복 또 반복이기 때문에 굉장한 인내가 필요해서 다른 걸 할 수 없고요. 아이가 가진 재능의 선택 의지, 그리고 그걸 견뎌나갈 끈기를 살펴보는 이해가 필요해요."

아마도 지난날 어머니 손에 잡혀 연습 다니던 자신의 모습이 무언중 작용해서 하는 말인지도 모르겠다. 그녀도 어머니 몰래 영어 웅변대회에 나갔다가 떨어진 고등학교 시절의 쓰디쓴 추억이 있기 때문이다. 그 숱한 세월을 연주 연습으로 보내면서 내가 정말 견뎌낼 수 있을까 수없이 반문했다는 김 교수는 늘 지근거리에서 버팀목이 되어준 어머니에게 모든 공을 돌렸다.

"연습을 하루 거르면 자신이 알고, 이틀 빠지면 비평가가 알며, 사흘 안 하면 청중이 안다."

노년이 된 그녀의 연구실 벽에 걸려 있던 글이다. 누군가의 지원이 간절하게 필요했던 세월을 지나 연습이 체질이 되어버렸다는 그녀는 연주를 앞에 놓고 맹렬하게 연습 중일 때, 그때가 제일 행복했다고 회고했다.

농구 코트의 장신 미인 박찬숙 선수의 어머니 김순봉 여사는 딸에게 어려서부터 세상 사는 이치를 가르친 호인이다. 여자 농구 국가대표팀의 메달 획득으로 박 선수가 이름을 날릴 때 그녀는 딸을 불러 타일렀다.

"겸손하라고요. 크게 되려면 작은 일도 잘해야 한다, 함께 고생한 친구 선수들의 공로를 잊지 말아야 한다고요. 상은 찬숙이가 타도 찬숙이만 잘해 상 닸겠어요?"

딸이 결혼과 출산 후에도 주부선수로서 활약하여 또 한 번 화제를 낳았을 때 어머니는 너무 기뻐 맘껏 박수를 쳤다. 코트에서 승산을 자랑하는 인기 선수였지만 장래가 항상 걱정이었던 어머니는, 여자의 삶에서 넘어야 할 출산을 뛰어넘어 목표를 이룬 딸이 그 어느 때보다도 대견했다고 털어놓았다.

박 선수가 큰 선수가 될 수 있는 체력과 인격의 바탕을 어머니가 주었다고 사람들이 입을 모아 말하는 것은 정말 빈말이 아니다.

박 선수는 1976년 홍콩 아시아농구대회 출전 이후 허리 통증에 시달려 전문의로부터 디스크 진단을 받은 적이 있다. 코트에서 뜀박질할 때는 거의 무의식에 가깝지만, 경기를 끝내고 나면 무서운 통증을 느낄 때가 많았다. 그때마다 어머니가 기울여준 노력과 정성스러운 보살핌을 박 선수는 잊지 못한다. 선수 생활의 고비마다 어머니가 보여준 격려와 보살핌이 항상 자기를 살려냈다며 옛날 일을 떠올렸다.

"어릴 때 집을 떠나 합숙에 들어가니 날마다 전화통에 매달려 엉엉 울더군요. 한 보름은 그랬을 거예요. 생각 같아서는 농구고 뭐고 다 집어치우고 내 딸 내가 기르겠다고 호통을 치고 싶었지만 꾹 참았지요. 네 장래에 도움이 된다면 그 정도는 참을 줄 알아야 한다고 타일렀지요."

"여자는 약하지만 어머니는 강하다"고 한다. 이 말은 한국의 어머니들을 두고 하는 말 같다. 세상의 모든 어머니가 그렇겠지만 우리나라처럼 일제의 모진 수탈에서 벗어난 지 5년도 안 되어 닥쳐온 동족상잔의 격랑 속에서 자식을 길러내야 했던 윗세대 한국 어머니들은 스스로 강해질 수밖에 없었다.

더구나 그들 중 일부는 남편의 부재 속에서 홀로 가시밭길 같은 고행을 짊어져야 했다. 자기의 일신이 망가지거나 말거나 그들은 우선 자식을 먹이고 입히고 가르쳐야 했다. 한국의 어버이들에게 자식은 그들의 미래였다. 그들이 망가진 꿈을 복원하는 방법은 오직 자식을 통해서였고, 그래서 그들의 자식 교육은 목숨만큼 절실했다.

물질이 정신을 현혹하는 혼탁 속에서도 한국의 어머니들만은 자식을 통한 미래의 꿈을 여간해서 버리지 않았다. 더 많은 난관이 닥친다고 해도 한국 어머니들이 자식들을 통해 벼리는 미래의 꿈은 흔들리지 않을 것 같다. 남부러울 것 없는 부유층의 자식이든 끼니가 간데없는 극빈층의 자식이든 그들을 하늘처럼 사랑하고 믿는 어머니가 그들에게 있다는 점만은 앞으로도 다르지 않을 것이다.

이것이야말로 한국 여성이 지닌 최고의 미덕이요, 한국인이 갖는 세계 누구에게도 부럽지 않은 귀중한 자산일 것이다. 그리고 그것은 척박한 현실을 몸으로 견디며 목숨을 다해 자식을 길러낸 어머니들의 육성이 반세기 가까운 세월을 넘어 여기 소환되는 너무도 절실한 연유이기도 하다.

한국 사회의 각 분야에서 지식과 기예를 쌓으며 촉망받는 리더로 자신을 빛낸 열 분과 여기 모신 그 어머님들께 뜨거운 존경을 보낸다. 그 자녀들 뒤에서 어머니들은 지난했던 현실을 마주하면서 자녀들의 신념과 성장을 한결같이 밝혀준 등불이었다.

요즘처럼 사회 구조가 복합화되고 물질 지향의 생활관이 팽배한 사회에서는 부모의 역할도 사뭇 위축되어 버렸다. 부모나 교사의 가르침보다 날마다 대하는 인터넷 매체의 영향력이 막강해지다 보니 자식들 스스로가 삶을 영위할 정보를 부모에게 기대하지 않는 건 물론, 부모 편에서도 좋은 습관이나 교훈을 자식에게 입력할 기회가 점차 사라지고 있다.

그럴수록 강인한 모성과 사랑으로 더불어 사는 지혜와 올바름을 자녀의 가슴속에 심어주는 어머니가 소중하게 여겨진다. 그것만은 인터넷이나 어떤 인공지능으로도 대체 불가능하다. 여전히 이 땅의 어머니들은 저마다 자식을 훌륭하게 기르고 싶어 노심초사한다. 과연 어떤 어머니가 진실한 모성을 펴는 어머니이고 성공한 자식을 기르는 어머니일까?

내가 월간《여성동아》의 청탁을 받고 1977년 2월부터 1978년 11월까지 당시 쟁쟁했던 한국 명사들의 어머니를 찾아「이 사람을 기른 어머니」인터뷰 시리즈를 연재하던 무렵, 그때 젖먹이였거나 아장아장 걷던 아이들이 어느덧 장년의 부모가 되어 자식을 기르는 모습을 지켜보면서 누구보다 나 자신이 '이 사람을 기른 어머니'들로부터 많은 신세를 졌음을 고백해야겠다.

어떤 일이 있어도 아이들과 거리를 두고 일관성 있게 지켜봐줘야 한다는 것, 본인들이 자유롭게 설정한 가치관을 펴나갈 수 있게 보살펴주는 것으로 내 역할을 끝내야 한다는 것,

그리고 거기엔 지긋한 인내심과 오랜 세월을 지불해야 한다는 것…… 이런 것들은 결코 실천이 쉽지 않았다.

무엇보다도 나 자신이 올곧지 않고는 올바른 인성을 길러낼 수 없다는 것을, 이 훌륭한 어머니들은 우리들에게 몸소 가르쳐주고 있다. 어려울 때마다 내가 젊은 시절 만난 이 훌륭한 어머니들의 육성에 기대며 평균적인 어머니의 길이나마 걸어보려고 애써왔던 것 같다.

시대는 격했어도 젊은 날 나처럼 자식 기르기에 노심초사할 이 땅의 젊은 엄마들에게 옛 어머니들의 든든한 육성과 교육 철학을 담은 이 책을 선사해 주신 해냄출판사에 깊이 감사드린다.

2024년 1월

고 경 숙

차례

1부 어머니는 당당했다

2부 사랑하고 응원하는 어머니

3부 끝끝내 너를 지킨다

1부

어머니는 당당했다

대범한 모정이 빚은 큰 그릇

탤런트 최불암의 어머니 이명숙

아들 최불암은 어린 시절 등화관제 속에서도

밤마다 들창에 담요를 치고

카드 종이에 풀칠하던 어머니를 기억한다.

어머니는 그렇게 모은 돈을 아버지의 유작 〈수우(愁憂)〉의 제작비로 보탰다.

아버지가 감독한 영화 〈수우〉에는 어머니도 출연했다.

야생마처럼 쏘다니다

제 아버지 이름 석 자를 모르는 꼬마는 있어도 〈수사반장〉
최불암을 모르는 아이는 없을 것이다. 어린이에서 어른에 이
르기까지 폭넓은 인기를 모으고 있는 연예인 최불암의 오늘
이 있게 된 것은 결코 우연이 아니다.

그는 무대를 열렬히 꿈꾸던 부모 밑에서 성장했다. 아버지
최철(崔鐵, 1915~1948)은 우리나라 초창기 영화사에서 빼놓을
수 없는 역할을 했던 정열의 영화인이었다. 33세의 젊은 나이
로 세상을 떠나기까지 영화에 생을 바쳤다. 어머니 이명숙(李

明淑)도 한때 무대에 미쳤던 시절이 있었다.

하루 세 끼 먹는 일보다도 연극영화 일을 더 좋아했던 이들 부모 사이에서 외동아들인 최불암은 무척 외로운 소년 시절을 보내야 했다.

불면 날아갈세라 놓으면 꺼질세라 애지중지 자손을 보살피던 옛 부모들과는 달라도 너무 달랐다. 그들은 아들을 '아무렇게나' 자라도록 내버려두었다. 그래서 최불암은 자신의 어린 시절을 가리켜서 "꼭 들말[野生馬]처럼 쏘다녔다"고 자조 섞인 말을 한다.

동교동 철길 서쪽의 맨션아파트 2층. 수수한 꾸밈새에 눈썰미 있는 깔끔한 주부의 손길이 느껴지는 거실엔 어머니를 둘러싸고 아들, 며느리, 손녀가 모처럼 모여 앉았다. 손자 동녘이만 유치원에 가고 없다.

낳은 지 45일밖에 안 되는 딸을 안고 맞은편에 앉은 연예인 며느리 김민자(金敏子)는 대학 3, 4년생 같은 풋풋한 모습이다. 짙은 청색 티셔츠 차림에 부스스한 머리칼을 손가락으로 연신 빗질하는 최불암은 TV 화면으로 보던 늙수그레한 분장을 싹 벗어버린 파릇파릇한 청년이다. 어머니를 가운데 두고 둘러앉은 이들 모습은 흡사 어느 날 TV 일일극의 한 장면 같다.

딸 하나 없는 외아들이지만 어머니 이명숙은 현재 이들과 분가해 마포에서 혼자 살고 있다. 순전히 그녀의 고집 때문이다. 58세라고 보기엔 너무 젊다. 도저히 손주를 거느린 할머니란 호칭이 어색할 정도다. 갸름한 얼굴과 화사한 입모습은 젊었을 적의 만만찮은 미모를 짐작하고도 남았다.

"아버님이 살아 계셨을 때 어머니는 제겐 관심이 없으셨어요. 아버진 워낙 영화 일에 바쁘셨고, 어머니는 여기저기 벌어진 영화사 일을 수습하시느라 바쁘셨어요. 당신도 연극에의 꿈이 있었겠지만 내색하지 않고 오로지 아버지의 일을 뒷바라지하느라고 동분서주했어요. 그런 판이라서 저 같은 코흘리개는 귀찮으셨을 거예요."

곁에 앉은 아들의 원망 섞인 첫마디에 그녀는 소낙비 같은 눈웃음으로 고개를 끄덕인다.

"글쎄, 그때는 철이 없었던지 요즘 동녘이 귀여운 마음의 반도 안 찼어요. 원체 또 천성이 냉정해서 잔정을 몰랐고요. 아들은 어린 마음에 그때 어미 모습이 몹시 맺혔었나 봅니다. 가끔 생각나면 불쑥불쑥 저런 이야기를 해요."

꿈같은 연극 여주인공 데뷔

옛날엔 냉정했다지만, 아무리 봐도 지금 중년의 그녀에게선 수굿한 따스함만 느껴진다.

그녀는 1919년 서울 사대문 안이 아닌 동대문 밖 왕십리에서 태어났다. 얼마 안 되는 채마전을 가꾸는 빈농가의 오 남매 중 맏딸이었다. 아버지는 학문은 있었으나 완고하기 이를 데 없었고, 어머니는 자신이 해보지 못한 신학문을 딸에게 터주고 싶어 애쓰던 여인이었다. 몇 번이나 책 보퉁이가 아궁이로 들어갔지만, 그때마다 어머니 치마폭에 숨어 마을 밖으로 피신을 다니며 왕십리 봉명보통학교를 뒤늦게 마칠 수가 있었다. 더 이상은 아무리 진학하고 싶어도 도리가 없었다.

쌀농사라곤 한 톨도 없고 문안 사람들의 채소를 대주던 밭농사 몇 마지기에 목숨을 걸며 사는 부모를 보면서 진학에의 꿈을 스스로 청산한 이명숙이지만, 부모처럼 채마전이나 거두며 살아가기는 싫었다.

열여덟 되던 해 그녀는 벽에 나붙은 연극인 모집 광고를 보고 감히 여배우가 될 결심을 하게 된다. 수소문 끝에 맨 먼저 찾아간 곳이 지금의 서울역 건너편, 허름한 사무실을 빌려 연습을 하고 있던 어느 연극단이었다.

이명숙은 거길 찾아가서 단장에게 다짜고짜로 여배우를 시켜달라고 졸랐다. 그때가 1930년대의 일이고 보면, 이만저만 당돌한 짓이 아니었다.

보기 드문 미모에 앳되기 짝 없는 소녀의 당찬 모습에 놀란 단장은 그녀를 단번에 주연으로 발탁했다. 연기 공부 한 번 해본 적도 없는 그녀였지만 타고난 끼가 있었던지 죽을힘을 다해 비련의 여주인공 역을 소화해 내는 그녀를 보고 모두들 놀랐다. 손수건에 미리 물감을 준비해 두었다가 폐결핵으로 각혈하는 흉내를 감쪽같이 내면서 입에서 피를 쏟는 연기를 잘도 해냈다.

그녀에겐 처음이자 마지막이 된 이 연극이 그토록 대성황을 이룰 줄은 그녀 자신도 몰랐다. 이명숙은 당시 좋은 여배우가 되고 싶었다기보다 항상 쩔쩔매고 사는 부모에게 돈을 벌어다 드리고 싶은 것이 솔직한 심정이었다고 털어놓는다. 아무튼 보름이나 계속된 이 연극 공연은 대성공을 거두었고, 이것이 인연이 되어 부군 최철과의 기막힌 인연이 시작된다.

인천서 지방 공연을 하던 중 하루는 연출을 맡은 이가 점심을 사겠다고 해서 무심코 가서 앉고 보니 낯선 신사 한 사람이 동석해 있었다.

"코 밑에 멋스러운 콧수염을 기르고 신수가 훤한 신사였어요. 얘 아버지는 정말 미남이었죠. 처음엔 그냥 영화를 하는 분이라고 소개하기에 배우인 줄 알았는데, 나중에 알고 보니 영화에 직접 나서는 배우가 아니라 영화를 제작하는 분이었어요. 한 달쯤 지나 느닷없이 왕십리 집으로 절 찾아왔더군요. 그리곤 부작성 사기에게 시집오라고 졸라대기 시작했어요."

그야말로 번개 같은 청혼 공세였다. 상대방이 좋다, 싫다에 앞서 그녀는 집안 어른들의 꾸중이 걱정되었다. 그런데 뜻밖에도 신랑감인 최철은 자기 집 안방 드나들듯이 신부 쪽 어른들을 뻔질나게 찾아다니며 두어 달 안에 혼인 승낙을 얻어내고 말았다.

오직 영화에 목숨 걸었던 남편

그녀의 운명 대전환은 그렇게 시작되었다. 결혼식을 올린 이 단발머리 신부는 시부모, 시동생까지 얹힌 시집살이를 떠맡으며 인천서 신혼살림에 들어갔다. 남편은 충남 서산에서 8세 되던 해, 쪼들리는 살림을 보다 못해 서울로 뛰쳐 올라와서 모진 고생을 차례로 겪은 뒤였고, 영화사를 따라다니며 자기 영화를 만들어볼 꿈에 한창 들떠 있는 처지였다. 돈이라곤 물론 한 푼도 없었다.

말이 신혼살림이지 매일 끼니를 위해서 그녀는 뭐든지 일을 찾아 나서야 했다. 가장 손쉬운 것이 동회의 잔심부름들이었다. 배급제 시절이라 생선, 비누, 잡곡, 일용품이 나올 적마다 배급 일을 도와주고 조금씩 수고비를 받거나 그 일이 없으면 카드 종이 붙이는 일들을 맡아 했다. 이듬해 첫아들이 태어났다.

아들이 엉금엉금 기어다니게 됐을 때 남편은 모자를 인천에 놔둔 채 상해로 떠나버렸다. 당시 거기서 상업을 하던 형을 찾아 육순이 넘은 노모와 동생을 데리고 간 것이다. 남편은 그곳 해방군에 들어가서 활동하다가 아들이 일곱 살이 되어서야 돌아왔다.

"저는 정말 아버지를 불러본 적이 평생에 두세 번밖엔 없어요. 일곱 살에 오셔서 여덟 살 되던 해 작고하셨으니까 좋았던 기억보다 섭섭했던 기억만 조금씩 나요. 자식보다 영화를 너무도 좋아하던 분이죠."

아내보다도, 아들보다도 영화를 더 좋아하던 남편은 한국으로 돌아와 작고하기까지 2년간 폭풍처럼 일에 몰두하여 세 편의 영화를 만들어냈다. 남편 없이 혼자서 생계를 도맡아야 했던 어머니는 그동안 여기저기 부업을 찾아 손끝이 해어지도록 모은 팔천 원을 부군 앞에 내놓았다.

이 돈은 고스란히 최철의 유작이 된 영화 〈여명(黎明)〉〈수우(愁憂)〉〈천사의 날개〉의 제작비가 되었다. 그 돈을 모으느라고 어머니는 밤이면 밤마다 들창에 담요를 치고 등화관제 속에서도 밤잠을 잃고 카드 종이에 풀칠을 했었다. 최철의 마지막 제작 영화 〈수우〉에는 이명숙이 보조 출연하여 화제가 되기도 했었다.

"엄마는 낮엔 일하러 나가기 때문에 장난이 심한 제가 걱정되셔서 저를 방에 두고 밖으로 문을 잠그시는 거예요. 지금도 그때 제가 따라가겠다고 마구 울고 발버둥 치던 생각이 나요. 방 안의 물건을 팽개치고 나중엔 들창을 모두 뜯어내고 튀어나와 어머니가 일하시는 동회로 달려가곤 했어요. 먼발치로 나를 본 어머닌 일부러 모른 척했어요. 아이가 성가시게 구는 걸 알면 동회에서 일감을 주지 않을까 봐서요……."

그토록 가족들의 피를 말리며 영화를 위해 닦아놓은 발판

위에서 남편의 꿈은 꽃피울 사이도 없이 끝났다. 영화 〈수우〉의 시사회를 하루 앞둔 날 밤 최철은 심장마비로 타계하고 말았다. 사람들은 그때 장례식에서 고인의 영정을 든 어린 아들 최불암을 지금도 생생하게 기억한다.

"어머닌 늘 일이 많으셨죠"

TV 화면을 주름잡은 최고 연기자가 된 최불암 자신도 사실 오늘과 같은 연예인이 되리라곤 생각지 못했단다. 어머니 역시 아들이 연예인으로 나서기를 특별히 희망해 본 적도 없었다. 영화인 남편 뒷바라지에 신혼 초부터 등줄기가 휘어야 했던 어머니는 처음부터 아들의 예술대학 진학을 탐탁하게 여기지 않았다.

어릴 적부터 아버지의 영화 제작을 넘겨다보던 최불암은 남몰래 자기도 훗날 영화 제작을 해보리라는 꿈을 키우고 있었다. 그는 서라벌예술대학 연극영화과 진학으로 첫발을 내딛기로 했다. 재학 중 서클 활동에서 연극 연출을 맡아 자연히 연기 지도를 하게 되었고, 주변 사람들이 그의 연기자로서의 재능을 알게 된 것도 바로 이 무렵이었다. 곧장 연극배우로의 길이 열리기 시작했다.

지금은 폐쇄된 명동국립극장서 공연이 있을 땐 어머니는 꼭 빼놓지 않고 맨 앞줄에 앉아 고정 관객이 되어주었다. 인천서 신흥국민학교를 다니다가 6·25를 만난 그는 서울서 중앙중고교를 졸업한 뒤 1차 대학 입시에서 운 나쁘게 낙방했다.

서라벌예술대학에서 영화 제작 수업을 2년 수료한 그는 다시 한양대 연극영화과로 진로를 돌려 본격적인 연기 수업에 들어갈 수 있었다. 한양대학교 영화과 1회 창설 기념 장학생으로 단 한 푼도 내지 않고 4년 대학 생활이 열린 것이다. 그의 연극영화에의 꿈은 도합 6년간의 알찬 연기 수업을 거치면서 무르익어갔다.

"나는 이날까지 아들애에게 한 번도 '공부해라' 하는 말을 해본 적이 없어요. 내 자식이지만 내 꿈대로 자라달라고 주문하기보다는 제멋대로 무엇인가를 해주기를 더 바랐어요. 우리 시대 부모님들은 너무 우리를 구속했어요. 인생은 누구나 마찬가지로 자유가 제일이라고 생각합니다. 자식에게 가장 잘해주는 부모는 자유를 많이 주면서 보호해 주는 부모라고 생각했어요. '이거 해라, 저것 해라' 또는 '이거 하지 말아라' 하는 식으로 한정 짓는 인상은 절대로 주기 싫었어요. 자식을 굳게 믿어서였을까요? 사실 제 방식은 자유방임이었지요. 그랬어도 다행히 한 번도 탈선한다든지 낙오되는 일은 없었습니다."

그녀는 여러 형제를 못 낳고 외아들을 두었다는 것 때문에 더욱 아들을 응석받이로 만들게 될까 봐 두려웠단다. 그러나 마음속까지 무심한 것은 아니었다. '은성' 시절에 거기 모인 당시 1급 예술인들이 아들 연기를 품평하면 그 골자를 추려 반드시 아들에게 전해 주었다.

그녀는 나중에 아들이 TV에서 〈수사반장〉으로 관록을 자랑할 때도 수갑이나 권총을 차지 말고, 선글라스 같은 건 쓰지 않는 게 좋겠다고 세심한 조언을 했을 만큼 아들의 대성을 누구보다 바랐던 뜨거운 모성의 소유자였다.

"어머니는 한 번도 따뜻한 옷, 시원한 옷 가려서 옷을 챙겨 주시거나 갈아입혀주신 적이 없어요. 언제나 제가 알아서 하도록 내버려두고 보고만 계시죠. 어머니의 손길을 기다리는 기색이 있으면 어머니는 늘 바쁜 듯이 다른 일을 하셨어요. 사실 어머니는 늘 바쁘시기도 했어요. 혼자되시고 나서 사업에 손을 대셔서 늘 일이 많으셨죠. 일에 끌려 산다기보다 스스로 일을 만들어 거기 푹 빠져 사셨어요. 내가 외아들이니까 맘 놓고 사랑을 쏟으면 약한 녀석이 될 것 같은 염려도 있었지만, 실상 어머님 스스로 사업에 재미를 붙이며 아버지가 비운 자리의 슬픔이나 고독을 잊으려고 하신 거예요."

가난한 예술가들의 아지트 '은성'

이 여사가 6·25 이후 벌인 사업 경력은 무척 화려하다. '동방살롱' 이후 가장 많은 문인이 출입했다는 1950~1960년대의 술집 '은성' 하면 사람들은 아직도 이명숙부터 떠올린다. '은성'은 이 땅의 문인이나 예술가들에게는 잊을 수 없는 마음의 고향이다. 이명숙은 바로 이 '은성'의 여주인이다.

"'은성'에는 시인, 소설가 등 내로라하는 문사들이 다 모여들었죠. 박인환, 이진섭, 김수영, 변영로, 전혜린, 오상순, 천상병 같은 이들이었어요. 사람 좋은 천상병은 항상 일찌감치 와서 입구 쪽에서 서서 기다려요. 주머니가 비어서 선뜻 못 들어오는 거죠. 우두커니 서 있다가 누가 한잔하자고 부르면 냉큼 따라 들어왔죠. 언젠가 외상값이 많이 밀린 박인환이 친한 사람들과 몰려와서 술 내놓으라고 소란을 피우길래 술값 내놓으라고 나도 마주 악을 썼어요. 멋쩍어진 박인환이 씩 웃더니 갑자기 나한테 종이를 달라는 거예요. 펜을 들고 쓱쓱 뭔가를 써 내려가더군요. 사람들이 좋아하는 〈세월이 가면〉 노래 가사가 그렇게 해서 탄생했어요."

당시 '은성'은 가난한 예술인들의 아지트였다. 빈대떡에 막술 잔을 앞에 놓고 인생을 논하던 그들은 이제 어디론지 흩어져버렸다.

남편이 세상을 떠나고 6·25로 환경이 바뀌면서 그녀는 인생을 바꾸어버렸다. 짧고도 행복했던 결혼 생활에서 남편이 두고 간 아들을 위해 평생을 후광처럼 살아가겠다는 결심이었다. 그러나 그 방법은 여느 어머니들과 달랐다. 어릴 때 아들은 그런 어머니를 이해하지 못해 늘 섭섭했다.

최불암은 아직도 1·4후퇴 때 남쪽으로 피난을 가는 어머니가 자기를 떼어놓고 먼저 부산으로 떠나던 날의 서운함이 잊히지 않는다고 말한다.

"그때 어머니가 엄한 음성으로 말씀하시더군요. 너를 데리고 가면 삼촌과 이모도 함께 데리고 가야 하는데 지금 그럴 수가 없다고요. 아니, 나는 하나뿐인 아들이잖아요. 어린 나를 떼어놓고, 살아서 서로 만날 수 있을지도 모르는 피난길을

영화 〈수우〉의 한 장면, 오른쪽이 이명숙

온 국민의 사랑을 받고 있는
인기 탤런트 최불암

혼자 떠나버리는 어머니가 원망스러웠어요. 진짜 어머니가 맞나 싶었지요. 나중에 커서 생각하니 열 살짜리 아들을 두고 떠난 어머니의 사정을 생각해 보게 되더군요. 오죽하면 그랬겠어요?"

아들을 사랑하는 만큼 아들에게 의지하겠다는 마음에 앞서 스스로의 생활 속에서 항시 자기를 발전시켜 나갈 길을 찾았다.

"이제 생각해 보니 어머님은 참 훌륭하셨다는 생각이 들어요. 어머니는 내겐 아무 말씀도 않으셨지만, 나를 작은 감상을 이겨내는 큰 인간으로 기르고 싶으셨던 겁니다. 그 환경에서 내가 이만한 어른이 될 수 있었던 것은 어머니의 그 깊은 배려 때문이었어요. 무엇이든지 혼자 해결하고 책임지는 생활을 하다 보니 나는 지금도 무엇이든지 두렵지가 않아요. 어머니가 내게 하셨듯이 나도 자식 놈들을 대해줘야겠다고 맘은 먹는데 그게 잘 안 돼요. 그럴 때마다 어머니의 대범함을 새겨보며 '야, 우리 엄마는 굉장한 분이다' 하고 혼자 중얼거리곤 합니다."

부산 피난 시절에 우연히 양식집을 경영해 본 경험을 살려서 이명숙은 환도 후 줄곧 다방, 음식점 경영을 하며 아들의 오늘을 위해 조용히 밑거름이 되어왔다.

"여자 혼자 부지런히 사업이라고 해보았지만, 크게 생활에 도움이 되었던 것은 아니었어요. 나는 그저 장성하는 아들의 짐이 되지 않기 위해서 내 삶을 꾸려온 거예요. 대학 다닐 때만 해도 아들애는 굉장히 고생을 했어요. 왕십리에서 미아리 서라벌예술대학까지 차비가 없어 걸어 다녔죠. 나는 그때 다방을 해본다고 혼자 애를 썼지만, 세금이니 뭐니 해서 유지하기도 빠듯했거든요."

신수시장 입구에 낸 신발 가게 '은성'

'은성'을 경영할 무렵 조금만 여유가 생겨도 인천에 작은 양로원을 세우고 노인들을 도우면서 부녀클럽을 만들어 가엾은 사람들을 위해 썼다. 그녀의 이런 정신적 원천은 어릴 때부터 다져온 불심이다. 그러나 그녀가 늘 없는 사람에게 마음을 쓰는 것이 꼭 불교도이기 때문만은 아니다. 자신이 평생 뼈아픈 가난을 겪어왔기 때문이다.

지금 온 세상이 떠드는 대스타를 아들로 둔 어머니건만 그녀는 마포의 신수시장 입구에서 작은 신발 가게를 차리고 '고마운 아주머니'로 살기를 고집한다. 지금 그녀가 경영하는 마포 신수시장 입구의 신발 가게 '은성'을 함께 가보았다. 조그만 간판 이외에는 별 치장도 없는 3평 남짓한 가게였다. 학생 운동화, 어른 고무신, 슬리퍼, 털신 등 각종 신발들이 오밀조밀 진열된 역 주변 흔한 소점포였다.

아들의 수입만으로도 집안에 금전적인 여유가 충분하지만 늘 할 일을 찾아 집중하던 평생의 습관을 버리고 싶지 않단다. 단순히 돈을 벌기 위해서만은 아니다. 아들도 처음엔 만류했지만 어머니의 뜻을 알고 동의했다.

"어머니는 어려운 사람들과 이야기하고 만나시는 것을 좋아하셔요. 지금까지 우리 어머닌 여러 사업을 해오셨지만, 막술집에 외상만 밀리던 '은성'을 제일 잊지 못하시죠. 그런데 그 '은성'보다도 요즘 하시는 '은성' 신발 가게가 더 재미있으시다는 거예요."

그녀가 들려준 신발 가게 이야기는 정말 가슴이 저릿해지는 이야기들이었다.

"해거름에 연탄 배달하는 아버지가 빈 연탄 리어카에 아들 녀석을 태우고 운동화를 사주러 옵니다. 가난한 아버지일수록 아이들 신발을 제일 고급으로 달라고 말해요. 너무 비싸도 무리일 듯싶어 웬만한 것을 내주면 으레 '더 좋은 것 없나요?' 합니다. 제일 비싼 운동화 한 켤레를 사 신겨서 돌아가는 아버지의 뒤축을 보면 바닥은 아예 닳아 없어지고 둘레만 남은 다 떨어진 고무신을 끌고 있어요. 나 자신이 바로 지나온 일들이라 그걸 보면 저절로 눈시울이 뜨거워집디다."

그녀의 신발 가게가 있는 곳은 부유층보다는 어려운 사람들이 많이 지나다니는 시장 어귀. 진열장 너머로 오가는 상인들이나 행인들을 눈여겨보다가 신발이 남루한 사람이 지나가면 모아놓은 재고품 중에서 신발 한 켤레를 선뜻 쥐여주는 고마운 아주머니로 소문이 나 있다.

"어머니가 살아가시는 자세를 저는 참 좋아합니다. 맹목적으로 돈을 모은다든지 사람들과 어울려 다니시는 것이 아니죠. 늘 무엇인가를 열심히 하면서 남을 돕고 계셔요. 생활이 안정됐을 때나 불안했을 때나 사시는 모습엔 아무 다른 점이 없어요. 저도 늘 그것을 배우고 싶어요. 어떻게 보면 어머닌 아주 냉정한 분이죠. 그러면서도 없는 사람, 약한 사람들에겐 너무도 자애로우셔요. 저희들은 도저히 흉내를 낼 수가 없습니다."

역경 딛고 선 그 당당함

소탈한 차림새에 자신의 얼굴에 늘어가는 주름살조차 개의치 않는 듯한 당당한 모습이지만, 그 얼굴엔 세상 누구보다도 편안하고 밝은 웃음이 떠돈다. 최불암은 철들면서부터 가끔 어머니에게 "왜 결혼 안 하세요?" 하고 물었단다. 그럴 때면 어머니는 그저 담담하게 웃으며 이렇게 대답하곤 했다.

"네 아버지만 한 분이 있으면 또 한 번 시집가지."

결국 '아버지만 한' 분은 나타나지 않았고, 앞으로도 나타나지 않을 것이란다.

"얘 아버지는 내게 모진 고생을 다 시켰지만 정말 좋은 분이었어요. 8세부터 부모 품을 떠나 도회지를 떠돌며 물장수, 두부장수 안 한 짓이 없었어요. 그러면서도 늘 꿈을 크게 꾸었죠. 어려운 사람 사정을 잘 알아주었어요. 좀 더 오래 살았더라면 큰 꿈을 이룰 수도 있었을 건데, 모든 것이 너무 빨리 끝나버린 게 원망스럽습니다."

대범한 모정이 큰 그릇을 빚는다. 전란이 뒤엎고 간 이 땅엔 불운한 어머니가 운 좋은 여인들보다 확실히 더 많았다. 그러나 불행을 극복하는 여인들의 자세는 때때로 우리를 놀라게 한다. 그녀가 아들을 위해 택한 삶의 모습은 눈물겹거나 동정 어린 모습이 아니다. 자녀들을 위해 평생을 희생하는 것으로 자신을 버텨낸 그녀에겐 남다른 당당함이 엿보였다.

"어릴 때 우리가 살던 방은 늘 차가웠어요. 자다가 눈을 떠 보면 어머니는 까만 삿갓을 씌운 백열등 아래 상을 받쳐놓고 혼자 풀을 칠해 일감을 붙이고 계셨어요. 내가 일어나서 거든 다고 풀칠을 해드리면 엄만 삼사코 받아서 붙이셨죠. 특별히 고생스러워한다든가 우시는 법도 없었어요. 그 시절 입을 꼭 다무시고 무엇이든지 해내시던 어머님의 모습은 죽을 때까지 제 뇌리에서 사라지지 않을 것 같아요."

이 세상 누구보다도 어머니를 사랑한다는 아들 최불암이 자기를 낳아서 보살펴준 어머니 이명숙을 가리켜 한 말이다. 마음과 마음이 통하는 드물게 아름다운 이 모자의 앞날에 행운만 가득하기를 마음으로 빌었다.

이 인터뷰가 있고 9년 뒤, 이명숙 여사는 1986년 12월 22일 67세에 별세하여 고향인 경기도 장흥의 신세계 묘원에 잠들었다.

어머니가 작고한 후 유품을 정리하다가 라면 상자 가득 담긴 '은성' 시절 외상 장부를 본 최불암 씨는 어머니에게 빚을 진 사람들이 그리 많은 데 놀랐었다고 했다. 장부에는 외상 준 사람의 이름 대신 '안경, 키다리. 놀부, 짱구……' 등 외상객들의 특징만 쓰여 있었다. 가난뱅이 예술가들의 체면을 생각한 어머니의 필적을 보면서 아들은 다시 한 번 어머니에 대한 절절한 마음을 가다듬었다고 한다.

1967년 27세에 KBS에서 처음 맡은 노장군 김종서 역을 시작으로, 40세부터 1980년대 MBC 〈제1공화국〉과 〈제2공화국〉에서 이승만 역을 맡았던 일화와 함께 전설적 드라마 〈전원일기〉 22년, 〈수사반장〉 18년 장수 출연으로 아무도 따르지 못할 국민배우가 된 최불암 씨다.

그는 어느덧 80대를 훌쩍 넘긴 노년이지만 여전히 젊은 층에서 노년들에게까지 다정다감한 한국인의 상징으로 열광적인 사랑을 받고 있다.

그것이 무엇이든 스스로 터득하게

출판인 조우제의 어머니 홍정애

아무리 작은 일도 자녀들의 일거일동에 간섭해 본 적이 없다는 그녀.

뭐든지 푹 믿어주고, 큰일이 잘못되었을 때에도 그냥 웃는다.

별말 없이 빙그레 웃는 그 모습이 백 말씀보다도

자식들을 번쩍 정신 나게 했다고 아들은 말한다.

그저 믿고 지켜준 것밖에

"그저 저희들 하는 대로 맡겨두었을 뿐입니다. 저는 자식들을 믿어요. 어미가 그저 믿고 지켜준 것밖에 달리 변변히 해준 게 뭐 있겠습니까."

국내 잡지계에 기적을 낳은 향학 월간지 《진학》을 발간하는 진학사 사장 조우제의 어머니 홍정애(洪貞愛)의 첫마디다. 1977년 현재 칠순. 강강한 풍모라든지 간명한 말 씀씀이에 범접기 어려운 기품이 배어 있다.

슬하에 3남 1녀를 남긴 채 37세에 유명을 달리한 남편 조용

덕 대신 혼자 손으로 거친 세파를 헤쳐 와야 했던 여인이라는
게 믿어지지 않는다.

13년 전 조우제가 거의 맨주먹으로 시작하다시피 한《진학》은
1977년 들어 국내 독자 30만 명이라는 획기적인 부수로 잡지계
에 군림했다. 대학 입시 낙방생들의 재수 이정표가 되다시피 한
진학회관이 진학 실험장까지 갖춘 재수생의 정보원(情報源)으
로 유례없는 각광을 받고 있는 것이다.

입시전쟁의 낙오병들에게 재기의 길을 열어주자는 신념과
경영자로서의 혜안이 오늘의 진학재단을 탄생시켰다. 조 사
장의 입지전에서 결코 빼놓을 수 없는 어머니의 통 큰 헌신을
주변 사람들은 다 안다.

"제가 설혹 잘못을 저질러도 어머님은 다 아시건만 잠자코
계시죠. 어렸을 때도 그러셨어요. 일시적인 실수로 괴로워하고
헤어나보려고 허우적대면서 결국 제힘으로 수습하도록 모른
척 지켜보십니다. 요즘의 젊은 어머니들과는 정반대죠."

성공한 기업인들이 겪는 남모를 우여곡절을 그 역시 하나하
나 뛰어넘으며 오늘에 이르렀을 아들 조우제가 평생을 거쳐
지켜본 어머니의 모습이다.

깔끔하게 정돈된 고요한 거실 창가에서 조촐한 한복 차림

으로 나붓나붓 옛일을 더듬어주는 그녀의 반백 쪽머리가 마냥 정겹다. 젊어서 시어머니에게서 물려받았음 직한 은비녀, 잔주름이 새겨진 가녀린 손마디에 정성스레 끼고 있는 은가락지…… 유행이라든지 새것이라는 이름으로 불리는 모든 허욕과 허식이 거부되는 단호한 고집이 느껴진다.

아무리 작은 일도 간섭 안 해

그녀가 들려준 자신의 일생도 그런 것이었다. 권세, 재물, 심지어 자녀의 미래에 대해서까지도 초조하거나 구태여 아등바등하지 않는 무서운 달관으로 평생을 일관해 온 그녀다. 이제 장성하여 제각기 남 못지않은 행복의 보금자리를 갖춘 네 자녀를 거느리고 있지만 그 고요한 인생관만은 예나 지금이나 한 치도 다르지 않다.

6·25로 가장과 가산을 한꺼번에 잃은 채 맞이한 참담한 현실도 그녀의 천품을 바꾸어놓지 못했다. 연약하게만 보이는 조그만 몸매에 어쩌면 그렇게도 단단한 인내와 의지가 도사리고 있는지 모르겠다. 그녀의 평생엔 좌절도 실의도 찾아볼 수

진학재단을 설립한 조우제 사장

가 없다.

"당황해하시는 어머님을 우린 뵌 적이 없어요. 어려움 앞에 선 그저 조용히 할 일만을 하십니다. 나중에 커서 이런저런 일을 겪으며 생각해 보니, 어머님의 그 굉장한 인고의 모습이 큰 교훈이 된 것 같더군요."

자녀들의 일거일동에 대해서도 아무리 작은 일도 간섭해 본 적이 없다는 그녀다.

"어머님은 뭐든지 푹 믿어주셔요. 큰일이 잘못되었을 때는 그냥 웃으시죠. 별말씀 없이 웃으시는 그 모습이 백 말씀보다도 우리들을 번쩍 정신 나게 하는 거예요.”

어찌 보면 약한 여인의 것이라기보다 사내대장부의 기품을 닮은 듯한 어머니의 성품을 아들은 그렇게 전해 준다.

따지고 보면 이런 성품은 소녀 시절부터 몸에 익혀온 자기 수련에서 비롯된 것인지도 모르겠다. 증조부 시절 이조판서를 지낸 그녀의 가문은 당시 손꼽히는 명문이었다. 일제의 침탈이 야금야금 시작되던 구한말 충청도로 낙향하여 산수를 벗삼아 울분을 달래던 조부 밑에서 1907년, 그녀는 태어났다.

완고한 가풍은 말할 나위도 없고, 만 10세가 되기까지 문밖 출입 한 번 못 하는 엄격한 규율 속에서 어린 시절을 보냈다.

장차 남의 집 며느리가 될 신붓감으로서의 예의범절이며 바느질, 언문 배우기와 귀에 못이 박히도록 어머니께 전해 들은 부도(婦道)야말로 여사의 어려운 일평생을 인내로 감싸준 무기가 된 것이다.

“열한 살 땐가 처음으로 장옷을 입고 나들이를 해봤어요. 물론 하인들이 뒤를 따랐죠. 그랬어도 답답한 줄 몰랐어요. 으레 여자는 그래야 하는 것이니라 생각했었죠. 열아홉 되던 해 혼인을 했는데, 그때까지 바깥출입을 해본 기억이라곤 몇 번 안 돼요. 물론 신랑감도 어른들이 맺어주시는 대로 따를 뿐

감히 만나보려는 생각도 못 했지요."

결국 어른끼리의 혼담이 무르익어 멀리 경남 함안 땅으로
이 19세짜리 신부는 시집을 갔다. 함안 땅의 이름난 토호로
만석꾼이었던 조 씨네 둘째 며느리가 된 것이다. 당시 신랑은
서울서 중앙고보 3학년을 다니다가 어수선한 시국을 염려한
아버지의 배려로 귀향해 있던 차였다.

닮은 듯 다른 남편과 아들

소녀 시절에 몸에 익힌 경계선에서 한 치를 벗어날세라 자기
를 다스려온 그녀다. 남편 조용덕은 보수적이었던 친정아버지
와는 달리 무척 진취적이고 대담한 성격이었다. 당시로선 누구
도 생각할 수 없었던 상업을 대대적으로 해보겠다고 종가 어
른들의 만류를 무릅쓰고 논밭을 정리하여 장사를 시작했다.
대대로 물려받은 농토를 팔았다 해서 동네 어른들은 돌상놈
이란 욕설까지 서슴지 않았지만, 조금도 동요하지 않았다.

"병으로 돌아가시지만 않았으면 누구 못지않게 먼눈으로
세상을 내다본 셈이죠. 아깝게도 얼마 안 가서 세상을 떠났어

요. 그때부터 저는 그저 모든 것을 참을 '인' 자 하나로 견디자고 마음먹었습니다."

그렇듯 우직했던 남편의 기업가적 대담성이 장남 우제 씨에게 전해진 것이 아니겠느냐는 말에 그녀는 오히려 고개를 흔들었다.

조우제는 어릴 때 아주 심약했다고 한다. 남 앞에서 큰소리치기를 싫어하고 심성이 고왔다. 남편은 아들놈이 저래서 되겠냐며 곧잘 꾸중을 했다. 남편의 우질부질한 성품과는 달리 아들은 어릴 적부터 조심성이 많고 빈틈이 없는 성격이었다. 어린 시절 동리 바깥에 나가기도 꺼릴 만큼 조용한 것을 좋아하고 말이 없었다고 한다. 그렇게 내성적이기만 하던 아들이 아버지의 급작스러운 병사를 고비로 몰라보게 달라지기 시작했다.

조우제가 19세 되던 해 6·25가 터졌다. 고등학교 3학년에서 부득이 학업을 중단해야 했던 그는 상경하여 출판계에서 치열한 경쟁의 늪을 거의 고학으로 뚫고 한 발 한 발 오늘을 향한 등정에 나섰다.

"이날 이때까지 제 일로 해서 어미의 마음을 어지럽힌 적이 없는 아들입니다. 아무의 도움도 바라지 않고 제 할 일을 성심껏 해내는 것은 지금이나 어릴 때나 마찬가지지만 아버지가 세상을 떠난 후 어린 동생들을 거느리는 처지가 되고 보니 저절로 용의주도한 면이 생기는 것 같더군요."

아들이 함안소학교를 다니던 시절, 동네사람들은 신동이 났다고 칭찬이 자자했단다.

"글쎄, 상이란 상은 죄다 독차지해서 타왔어요. 그래도 집에 와서 조금이나마 우쭐해하는 걸 본 적이 없었죠. 지금도 그 성깔이 남아선지 누구 입에 오르내리는 건 죽어라고 싫어해요."

믿어지지 않는 강인한 배포와 정신력

좀처럼 아들 자랑을 못하는 그녀의 회고담으로 미루어 그들 모자간에는 확실한 공통점이 있다는 생각이 든다. 인터뷰를 앞두고 나는 며칠이나 전화통에 매달려야 했다. 그녀가 남 앞에 서기를 극구 사양했기 때문이다.

여성을 폄시하던 과거사회를 한탄하며 다 늦게나마 세속을 따라보려고 애쓰는 보통 노인상과도 사뭇 다르다. 그녀에겐 흘러간 시절에 대한 피해 보상 의식도 욕심도 없어 보였다.

"좀처럼 무엇을 의논드리기 전에는 간섭하시는 법이 없으셔요. 실수한 것을 보시고서도 일부러가 아니라 진정으로 관용하시죠. 여성 문제에 대해서는 비교적 완고하신 편이지만 그 밖에 다른 일에 대해서는 남자 이상으로 폭이 넓으셔요."

이화여대 약학과를 졸업하고 결혼한 뒤 줄곧 그녀를 모셔 왔다는 며느리 민경남의 너없이 후한 인물평이다.

"자녀들을 기르다 보면 저절로 잘되는 경우도 있지만 더러는 잘못된 길을 가는 수도 있어요. 그러나 정말 교육이라면 간섭으로 이것을 막아서는 안 될 거예요. 더구나 어머니가 학교 언저리를 서성대며 초조하게 군대서야 어떻게 제대로 아이들이 커나가겠어요? 더러 잘못되더라도 스스로 깨닫고 제 위치로 돌아설 때까지 최소한 어머니만이라도 끈질기게 참고 기다려주어야 한다고 생각해요. 뭐든지 너무 짧게 생각하면 그만큼 잘못이 길어져요."

그렇다. 여사의 이 인고에 찬 관용이 오늘의 조우제 사장을 만들었다고 해도 결코 과언은 아닐 것이다. 겸허하면서도 뼈 있게 내뱉는 여사의 이 한마디 속에서 그야말로 범상치 않은 어머니상이 느껴진다.

무엇이나 스스로 터득하도록 내버려두라. 실수에서 시작하여 자책에 이르기까지 혼자의 힘으로 해낼 수 있게 참고 기다리는 어머니가 되라고 여사는 당부한다. 아무나 실천할 수 있는 이야기가 아니다.

　사업 일정에 쫓기는 아들과 식탁을 마주할 때면 그저 잠자코 건강을 빌어주고 아들의 심정을 편안하게 해주는 게 남은 생의 책무라고 생각한단다. 칠십 평생을 살아오면서 행여나 분에 넘치는 영화나 아들들의 출세를 맘먹어본 적이 없었다는 그녀의 솔직한 고백은 믿어도 좋을 것 같다.

　건국대학을 나와 형을 거들어 진학재단을 맡고 있는 차남 경제(京濟), 서울대 법대를 나와 검사로 있는 삼남 준웅(俊雄), 그리고 상명사대를 졸업한 막내딸 영희(英嬉). 슬하의 3남 1녀에게서 5남 6녀의 손녀 손자를 거느렸다. 정말 다복한 노경이다.

　비록 끼니를 못 잇는 한이 있었다 해도 결단코 남의 신세를 지는 길은 피해서 살아왔다는 그녀. 그래서 장성한 자녀들에게 어떤 난관이 닥쳐도 남에게 의존만은 하지 않도록 몸소 실행하며 가르쳐온 것 같다.

　평생 동안 종교라곤 가져본 적 없고, 또 종교를 가질 필요를 느껴본 적도 없었다는 그녀의 대답에서 새삼 강인한 배포와 정신력이 느껴진다.

편하게 살자고 올바름 저버려서야

"칠십이면 옛말에도 고래희(古來稀)라지 않습니까? 내 나이 칠순이니까 이젠 이 세상을 떠날 날도 멀지 않았어요. 그런데 칠십 평생을 살면서 늘상 생각해 온 것이지만, 사람 사는 데 뭐니 뭐니 해도 긴요한 건 돈도 아니고 영달도 아닌 것 같아요. 올바로 사는 겁니다. 남을 해치지 않고 올바로 살아야지요. 남의 이익을 해쳐가면서 자기만 올바로 사는 것도 우습지요. 그건 올바로 사는 삶이 아니라고 생각합니다. 당장 편하게 살자고 올바름을 저버리면 그때 당장은 멋있는 것 같아도, 시간이 조금만 가면 저절로 꼴사나워져요. 사람은 그저 혼자 조용히 자신을 생각해 볼 때 제 마음에 스스로 걸리는 것이 없어야 행복한 거예요."

종교와 거리가 먼 그녀지만 저절로 옷깃이 여며지는 한 마디 한 마디가 귀중한 명언이다. 세상 사람들이 다 저렇다면 무슨 걱정일까 싶다. 무릎에 와 안기는 귀염둥이 손주들을 쓰다듬으며 어찌 보면 자기와 관계없는 세상사와는 담을 쌓고 늙어온 듯한 칠순 노인에게 이처럼 신랄한 인생철학이 터져 나올 줄은 몰랐다.

혹시 간직하고 있는 남편의 유물이나 추억이 있느냐고 물었다.

"사진 한 장 없답니다. 그저 때때로 눈을 감으면 훤하게 그이 모습이 떠올라와요. 부모님은 완고해도 그이는 호탕한 기질이었어요. 제가 처음 혼인했을 무렵만 해도 시골 지주들이 머슴 대하기를 집에서 먹이는 소만큼도 여기질 않았죠. 그런데 그이는 새 교육을 받고 돌아오신 터이기도 했지만, 머슴들이 사람대접을 못 받는 것을 못내 안타까워해서 부모님과 맞서 싸우셨어요. 머슴들을 하도 잘 대접하곤 해서 동네 밖까지 소문이 났지요. '함안 군수를 할래, 조 씨 댁 머슴을 할래' 하면 모두 조 씨 댁 머슴을 하련다고요……."

마치 어제 일인 양 활달하던 남편의 모습을 문득 떠올려보는 그녀. 노안에 가만히 이슬이 맺혀오는 걸 보면 가슴 밑에 곱게 간직한 부군을 향한 그리움만은 어쩔 수 없나 보다. 이 가녀린 여인의 두 어깨에 3남 1녀의 무거운 짐을 지우고 함안 땅 선산에 잠들어 있는 남편 곁에 "꼭 묻히고 싶다"고 그녀는 증류수 같은 웃음을 지은 채 말을 맺었다.

홍정애 여사는 이 인터뷰가 있고 나서 14년 뒤인 1991년 9월 12일 별세하여 함안 산인면 운곡리 산44-1 선산의 부군 곁에 묻혔다.

아들 조우제 씨는 1965년 창간한 월간《진학》의 발행인으로 무려 다섯 차례나 한국잡지협회 회장에 피선되어 한국잡지협회와 잡지 발전에 큰 공을 세우던 중 급환으로 1992년 1월 13일 세상을 떠났다. 한국잡지협회장으로 모셔져 충청남도 천안시 동남구 광덕면 신덕리 산37 유택에 잠들었다.

홍 여사 옆에서 다소곳이 웃음 짓던 며느리 민경남 여사는 현재 조우제 씨의 유지를 받들어 ㈜진학회관 대표로 활동하고 있으며, 할머니 무릎에서 재롱을 피우던 장손 조상범 씨와 손녀 조현지 씨도 이사로 활동하고 있다.

아들을 천년을 사는 거목으로

작가 이병주의 어머니 김수조

"세상에서 어머니만큼 우리를 훈훈하게 해주는 존재가 또 있을까요?

어머니는 '최선'이에요.

우리 어머니는 학교라곤 문전에도 안 가셨지만,

평생을 두고 내게 소중한 위안과 가르침을 주십니다."

거목이 된 아들은 평생 자신을 훈훈하게 품어주던 그녀를 그렇게 들려준다.

세상을 녹여낼 듯 태평스러운 미소

용산 청과물시장 입구에 들어서서 전화로 받아쓴 한강로2가 15번지를 찾고 보니 도무지 개인 주택이 있을 곳 같지가 않았다. 마늘이며 양배추, 고구마, 당근……. 포대에 싸인 청과 도매물 꾸러미들이 상인들의 억센 음성과 뒤섞여 삶의 열기를 화끈하게 더해주는 시장 바닥 한가운데서 엄마 치마꼬리를 놓친 미아처럼 나는 자꾸 헤매고 있었다.

허술하고 지저분한 건물 모양새로 봐서는 아무래도 중견 작가 이병주(李炳注)쯤 되는 대작가의 저택이 있을 것 같지 않았지만, 번지수가 같다면 여하튼 물어는 보아야 했다. 창고 비슷한 콘크리트 담벽에 달린 낡은 문짝을 힘껏 두드리는데 갑자기 인기척과 함께 빗장 삼아 문고리에 꽂았던 숟가락을 한 손에 든 채로 얼굴을 내미는 남자가 있었다. 바로 이병주 작가였다.

문안을 들어서고 더욱 놀란 것은 그 장중한 내부 구조다. 언뜻 생각에 이 무슨 악취미냐 싶었다. 처음 이 작가 집을 찾는 방문객들은 다 나처럼 곤욕을 치렀을 것을 생각하니 웃음이 났다.

나림(那林) 이병주를 낳은 김수조(金修祚)는 바로 그 집에 살고 있었다.

"7년 전에 우리가 맨 처음 이곳 하천을 복개 공사까지 해서 이 건물을 지었어요. 상인들에게 세를 놓고 관리하자니 번거로워서 아예 건물 꼭대기에 개인 주택을 지었죠. 모두들 들어와보곤 놀라요. 남편 책이 하도 많아서 여태 이사는 엄두도 못 냈어요."

사람 좋아 보이는 이 작가 아내의 변명이다. 정말 책이 많다. 40, 50여 평 되어 보이는 서재 안의 벽과 서가에는 3만여 권 넘는 귀중한 장서들이 꽉 들어차 있다. 요즘 흔한 단행본이나 전집류는 여기선 찾아보려고 해도 없다. 귀중한 사회과학·철학 서적들인데 대부분 외국 서적이다.

책 권수도 많지만 그것을 쓸고 다듬는 주인의 애착이 더욱 마음에 든다. 장식 하나 없이 책만으로 단정하게 꾸며진 넓은 서재 복판에 자리 잡고 앉으니 괜히 머릿속이 뿌듯해진다.

방 가운데 놓인 아름드리 무쇠 난로 위엔 큼지막한 주전자의 물이 기운 좋게 끓고 있었다. 한참 만에야 안채 쪽에서 어머니인 듯싶은 노인이 은회색 쪽머리를 말끔히 빗어 넘기고 옥색 비단 한복 차림으로 나타났다.

무척 정정해 보이는 노인이다. 젊은 사람 못지않게 식사도 잘하고 또 요즈음의 기호식품인 소시지니 우유, 치즈 같은 음식들까지도 맛있게 드신다고 며느리 이점휘(李点輝)의 귀띔이다.

그녀는 올해 79세의 고령이다. 이병주 작가는 58세다. 주름투성이의 노안엔 아이처럼 명랑한 웃음이 시종 떠나질 않는다. 온 세상의 악이나 잡티도 다 녹여낼 듯 아주 태평스러운 미소다.

오로지 소설가를 꿈꾼 아들

어머니를 보면 아들을 알 수 있다. 이번 인터뷰 시리즈를 하면서 터득한 진리다. 활자를 통해 막연히 알아온 소설가 이병주와 그의 어머니를 나란히 대하고 보니 공통분모가 뭔지 나온다. 스케일이다. 잡다한 현실을 초탈해 버린 듯한 확 트인 관용이 두 사람에게서 느껴진다.

일본 메이지대학 문예과 졸업,《국제신문》주필, 해인대학 교수, 중편소설『소설·알렉산드리아』로 데뷔,《한국일보》창작문학상 수상……. 이 정도가 우리들이 작가 이병주에 대하여 알고 있는 전부다.

그는 13년 전 오랜 언론인 생활에 스스로 종지부를 찍고 문예작품을 쓰기 시작했다. 늦게 출발한 것으로도 기록이지만, 짧은 기간에 그만한 문명을 떨친 것으로도 기록이다.

"어릴 때 내 주변엔 사상가들이 많았어요. 집안사람들, 특히 아버지는 내가 고모부나 삼촌처럼 체제에 대한 불평객이 될까 봐 항상 우려하셨지요. 나 자신은 오로지 소설가가 되고 싶었어요. 지금 이 순간도 나는 철학적 문학을 겨냥하면서 쓰고 있어요."

그는 결코 환상을 좇는 문학청년은 아니다. 그에겐 온갖 체험의 보고가 그득하다.

어려서부터 그는 책을 좋아했다. 놋대야에 냉수를 떠다 툇마루에 놓고 졸음을 씻어가며 손에 쥔 책을 독파해야만 잠자리에 들었다.

"부모님은 내가 행여 농토를 지켜주었으면 하고 바랐어요. 1961년 투옥됐을 때도 어머님은 속으로 제 원망을 퍽 많이 하셨을 거예요. 곁에서 안온하게 모시고서 땅이나 팠더라면 어머님 마음이 편하실 건데……."

그러나 어머니만은 아들의 뜻을 잘 알고 있다. 설혹 마음속엔 어떤 소원이 있든지 간에 지금까지 어머니는 단 한 번도 아들 앞에 그런 불평을 뇌어본 적이 없다. 아들에게뿐 아니라 그녀는 늘 그런 자세로 남편은 물론 친척·동기간이나 주변 사람을 대해 왔다.

그녀는 이제 육순을 바라보는 아들에게 딱 한 가지 소원이 있단다.

"나는 니한테 아무것도 안 바란다. 그저 내 죽으면 조계사에 갖다 놓고 네 친구들이 자가용 타고 와서 절 안마당에서 북적북적대면 내 소원이 확 풀리는 기다……."

그녀는 꽤나 열성적인 불교 신자다. 10여 년 가까이 큰 절을 다니면서 유명 인사의 호화스러운 장례 행렬을 보아온 탓인지, 미구에 있을 자신의 장례 절차를 신이 나서 털어놓았다. 마치 소풍 날짜를 꼽는 아이 같다. 무엇보다도 높은 사람이 자가용을 타고 많이 와야 한단다. 험난한 시절에 옥고를 치른 아들이 사회적으로 널리 인정받기를 염원하는 속마음이 묻어난다.

"어머님 생전의 큰 소원은 못 풀어드렸지만 그 소원은 풀어드릴게요. 꼭 그렇게 해드릴 테니 마음 푹 놓으세요."

어린아이를 달래는 듯한 며느리의 이 말에 그녀는 그제야 마음이 놓이는지 함박웃음이다.

"밤하늘에 무지개가 보였지"

1901년생. 이들 연대의 어른들에게 현세란 언제나 괴로움과 시련을 의미한다. 그녀도 예외는 아니다. 60여 년 전 이 씨 가문 막내며느리로 시집오기 직전만 해도 이 씨네는 하동 땅이 떠들썩해하는 만석꾼 집안이었다.

그러나 그녀가 혼인할 무렵엔 이미 그 좋던 살림살이가 거덜이 나고 있었다. 독립운동을 하다 투옥된 시숙을 빼내기 위해 전답을 하나둘 밀어넣기 시작한 것이 살림을 기울게 한 원인이었다. 옛 여인들이 누구나 겪었던 것처럼 그녀도 손위 동서들, 시숙들과 시부모를 층층이 모시고 가슴 졸이며 살아야 했다.

본래 그녀는 진주 태생인데, 고향서 50여 리 떨어진 하동 북천으로 시집왔다. 몸은 왔지만 그녀는 평생 고향 땅 진주의 흙냄새가 잊히지 않는단다.

언문과 길쌈을 배우고 부모가 짝지어준 대로 출가하여 남편을 하늘처럼 받든다는 평범한 공식에 맞춰 그녀도 한세상을 살아왔다. 아니 살아왔다기보다 삶에 끌려다닌 것인지도 모르겠다.

남편 이세식(李世植)은 기품 있는 한학자였다. 사랑채에서 안채로 들어올 때에도 의관을 갖출 만큼 매사에 철저했던 유교풍의 선비였다.

"아버지로서는 좋은 아버지가 아니었다고 나는 생각합니다. 요즘의 아버지들과 정반대로 상상한다면 아마 우리 아버지의 이미지에 가까울 수 있을 겁니다."

아내나 자녀에게 좀처럼 허술한 모습을 보이지 않았던 그였다. 좀 더 가까운 거리에서 좀 더 질박한 정을 주지 않았던 아버지가 아들은 서운했나 보다.

한때 기울었던 가세가 장남 이병주를 낳고부턴 조금씩 돌아서기 시작했다.

"아예 태몽부터가 글쟁이 되는 꿈이었어. 난데없이 어느 날 밤 꿈에 웬 행인이 연필 한 자루를 주지 않겠어. 그때만 해도 연필이 좀 귀했느냐 말이야. 그래 널름 치마폭에 받아 넣고 일어나 보니 꿈이잖어? 시어머님이 들으시고 아들 낳을 꿈이라고 좋아하시더니, 정말 아들을 낳았어."

해산 전날 밤 꿈에도 깜깜한 밤하늘에 무지개가 걸리는 꿈을 꾸었단다.

어린 시절의 이병주는 마을에서 천재가 났다고 했을 만큼 두뇌가 비상했다. 뭐든지 한 번만 가르쳐주면 막히는 것이 없었다고 한다. 4세 때 외가에 갔다가 외삼촌들한테서 한 시간 만에 한글을 깨쳤다는 거짓말 같은 이야기도 전한다.

"글쎄, 얘는 뭐든지 한 번만 가르쳐주고 나면 막히는 것이 없었어."

천년 거목을 돌보듯 자식을 키우다

아들은 꼬마 적부터 장난이 심했다. 마을 어른들이 애지중지하는 삼밭을 일부러 밟아대기 일쑤였고, 울타리에 달린 애호박엔 골라가며 말뚝을 박았다. 모를 심어놓은 묘판은 꼬마패거리들이 던진 돌팔매에 엉망진창이 되었다. 어린 시절의 그는 마을에서 소문난 개구쟁이였다.

마을 건너 보통학교 분교에서 4학년을 마친 그는 30여 리 떨어진 당시 양보보통학교 5학년에 진학하면서부터 하숙 생활을 시작했다.

11세부터 시작된 그의 객지 생활은 그 후 14, 15년 동안 이어졌다. 아버지의 간곡한 소원을 따라 진주농고에 진학했던 그는 농업 이론이나 실기 공부보다 철학 서적을 밤새워 읽고 싶어 못 견뎌 했다.

결국 진주농고를 퇴학당하고 동경으로 발걸음을 돌렸다. 마음만 먹으면 무엇이든 할 수 있다고 믿었던 그는 이듬해 일본의 전검(專檢, 지금의 검정고시)에 합격했다. 일본에서도 그는 한 대학에서 가만히 공부만 하고 있지를 않았다. 메이지대학 문예과를 거쳐 와세다대학 불문학과를 다니다 2학년 때 학도병으로 끌려가서 만주에 배속되었다.

"전쟁이 끝나 고향에 돌아왔을 때가 내 나이 25세였어요. 잃었던 자식을 되찾은 듯이 어머님이 반가워하시던 기억이 아직도 생생하네요."

그녀는 오랜만에 고향의 품에 안긴 아들을 채근하여 맏며느리를 맞았다. 며느리 이점휘는 외지로 떠도는 남편 몫까지 맡아 그로부터 30여 년간 시어머니의 곁을 지키며 살아왔다.

"어머님을 가까이 모시면서 저는 많은 것을 배웠습니다. 지금은 연로하셔서 깊은 말씀을 잘 안 하십니다만, 이따금 저는 어머님의 그 대범함에 깜짝 놀랄 때가 있어요. 친척 누구에게든 소중하게 정성스레 도와주시고, 사랑을 나눠주셔요. 설혹 잘못된 점이 있어도 너그럽게 용서하시죠. 어머님 앞에선 누구나 흉허물이 없어집니다."

외모만 호인풍이 아닌가 보다. 폭넓은 관용의 그물로 지나간 일들도 깨끗이 걸러낼 것만 같다. 서울 생활 10여 년이 넘는다지만 그녀의 그 따뜻한 웃음에서 구수한 흙냄새, 시골 냄새가 물씬 풍기는 것은 순전히 그 심덕 때문인 것 같다.

"세상의 부모 가운데는 토마토를 기르듯이 자식을 기르는 부모와 거목을 돌보듯이 자식을 기르는 부모가 있어요. 가는 줄기를 받침대로 받쳐주고 열매를 맺게 하여 받침대 없이는 한시도 살지 못하는 토마토처럼 나약한 인생을 만드는 것은 순전히 어머니의 책임이라고 봐요. 때로는 냉정하고 무관심할 줄 알아야 사람은 맘껏 거목처럼 클 수 있어요."

58세의 나이에 정력적인 문필 활동을 벌이고 있는 중견 작가 이병주는 자신을 기른 어머니의 대륙적 여인상을 한마디로 쏙 들어오게 묘사해 준다.

그의 말처럼 김수조는 아들을 한해살이 토마토가 아니라 천년을 버티는 거목으로 키워낸 것이 틀림없다는 생각이 든다.

명사의 어머니를 만날 때마다 나는 이런 생각을 해왔다. 우리가 신문이나 방송, TV를 통해서 보아온 명사의 모습은 한 그루의 나무나 식물에 비유한다면 열매에 해당한다. 어머니는 뿌리나 줄기다. 열매만으로는 몰라보았던 점을 뿌리나 줄기의 원모습을 헤쳐 보고 새삼 실감할 때가 많다.

어머니와 아들의 생활은 서로 다르다. 생각도 다르다. 꿈도 욕망도 다르다면 다르다. 그런데도 굵고 질긴 끈으로 한데 묶여서 느껴지는 것이 뿌리와 열매 같은 돈독한 모자 관계다.

만고풍상을 몸소 겪으며 살아온 작가 이병주에게선 대륙의 냄새가 난다. 그는 조로한 작가들이 붓을 멈출 44세의 중년에 처녀작을 썼다.

일어는 물론, 영어와 불어를 자유자재로 구사하는 그는 웬만한 석학들과도 비교가 안 될 엄청난 독서량을 자랑한다. 더구나 그는 문예 서적의 두 배에 달하는 사회과학·철학 서적을 꾸준히 읽는 박학다식한 창작인으로 한 달에 1,500장의 원고를 휘갈기는 정력가이다.

그는 창가에 턱을 고이고 앉아 붓방아를 찧는 연약한 작가 군상과는 다르다. 교사, 대학교수, 언론인, 작가 생활을 고루 체험한 그의 58년간의 생애 자체만도 충분히 대하소설이 되고도 남는다. 그에게서 느껴지는 저 대륙적 인간미와 그 어머니의 대륙적 모성애는 어쩌면 그토록 닮았을까.

일제하 학병 시절의 체험, 5·16 직후 2년 7개월여의 옥중 생활을 거쳐 10여 년 전부터 호기롭게 펼쳤던 사업체들이 연달아 파산하고 빈손을 털던 참담한 기억들이 그를 창작의 분화구로 몰아넣었다는 것을 안 들어도 알겠다.

"어머니는 먼발치에서나마 나를 늘 염려하고 수고해 주셨죠. 그러나 나는 한 번도 어머님께 마음먹은 대로 효도를 해 보지 못했어요. 젊을 때 이후 늘 나는 생활인보다는 철학자가 되고 싶었어요. 모든 아들들과 마찬가지로 나도 부모 앞에서

한 달에 1,500장 원고를 쓴
나림 이병주

이기적인 자식에 지나지 않는 거죠."

아들 곁에 대견스러운 듯이 마주 앉은 어머니는 아들의 이 말에 조용히 고개를 젓는다.

"효도가 뭐 별게 있나. 그저 어미 마음을 편케 해주면 되는 기지. 난 아무것도 바라지 않는다. 이렇게 내 늙도록 곁에 있어주는 기 효도다."

어릴 적에 한 번은 이병주가 하모니카가 갖고 싶다고 소른 적이 있었다. 그때 어머니는 먼 읍내까지 걸어 나가서 원하는 하모니카를 사서 쥐여주었다. 아들이 원하는 것이면 뭐든지 손에 쥐여주고 보던 그녀였지만 장성한 자식을 향한 바람은 소박하기만 하다. 그저 한 지붕 밑에서 한솥밥을 먹어만 줘도 좋은 것이다.

그녀는 육십 되던 해 남편을 사별했다. 그전엔 줄곧 고향서 농사일을 건사하며 남편을 받들어야 했다. 이 작가는 아버지를 이렇게 회고했다.

"내 생활이 하도 이랬다저랬다 하니까 아버지께선 몇 번이나 훈계를 하셨어요. 그러나 내 욕망이나 삶을 절대 구속하지는 않았어요. 때로 내 삶의 전환점에서 아버지의 반대에 부딪힐 때도 있었지만, 아버지는 나를 장남이란 의무에서 자유로울 수 있게 해주셨습니다."

우선 아버지는 그에게 집안 생계비 걱정을 시키지 않았다. 어수선한 시절의 연속이었지만 누구도 누리지 못한 생활의 자유를 누린 그는 행운아임이 틀림없다.

한 집안 모두의 어머니

1961년 아들의 투옥 사건이 있은 뒤 그녀는 허망한 현실적 욕심을 모두 버렸다. 아들이 무사히 건강한 몸으로 곁에 돌아올 수만 있다면 무슨 고초라도 참겠다고 빌었다.

그는 지금 처녀작 이후 13년 만에 국내 문학 인구의 뜨거운 주시를 받는 존재가 되었다. 최근엔 쓰고 싶은 글만 쓰면서 사업 일선에서 완전 철수한 상태다. 사업을 하면 글이 쓰고 싶고, 글을 쓰면 사업이 하고 싶어진다는 그는 당분간은 창작 일변도로 나가겠다는 결심이다.

"밖에서 일은 잘 안되고 몸마저 괴로울 땐 불현듯 어머님을 생각하죠. 세상에서 어머니만큼 우리를 훈훈하게 해주는 존재가 또 있을까요? 어머니는 '최선'이에요. 우리 어머니는 학교라곤 문전에도 안 가셨지만, 평생을 두고 내게 소중한 위안과 가르침을 주십니다."

시골에서도 그녀는 동기간에 유난히 정이 깊었다. 먼 친척까지도 모두 고루고루 잘살아야 한다며 누구 하나라도 살림이 기울면 밤잠을 못 이루고 걱정을 했다.

걱정만 하는 것이 아니라 그녀는 숫제 '모금'에 나섰다. 아들딸들에게 연락하여 그 사람 형편이 피도록 조처를 해줘야만 마음을 놓았다.

슬하의 사 남매에게서 태어난 친손과 외손은 모두 합해 열다섯 명. 대문만 닫아걸면 서로 남남인 도회지 생활이지만, 항시 이 집안에선 그녀를 주축으로 푸근한 시골 맛을 풍기는 가족 행사가 벌어진다.

"어머님은 서울에 흩어져 사는 고향 이웃과 친척들의 구심점이죠. 그럴 때는 우리 어머니라기보다 집안 동기간 모두의 어머니가 되십니다."

며느리 이 씨가 서슴없이 시어머니 찬사에 나서는 연유이다. 30여 년을 동고동락한 이 고부간은 모녀지간 이상으로 격의가 없어 보였다.

그녀의 자녀 사랑은 요즘 젊은 어머니들의 일방적인 모성애

와는 다른 것 같다. 그녀는 한 번도 자기를 내세워본 적도 없고, 또 사랑을 나타내지도 않았다. 조용히 한편에서 아들의 성장을 눈여겨보면서 그가 필요로 하는 어머니가 되어주었을 뿐이다.

그녀의 자정(慈情)은 물 같다. 소리 없이 흘러서 푹 적셔준다. 폭을 헤아릴 수 없는 깊은 정이 주름투성이의 두 눈시울에 푸근하도록 담겨 있다.

"이 많은 책들이 다 돈이었으면 싶은 때가 있지. 그러나 재물 탐을 하면 못 쓰는 기라…… 분수껏 살고 몸 건강하면 내사 무슨 소원 있겠나. 니들이 다 자리 잡고 이만큼 살고 또 유명해졌으니, 이만하면 내가 세상에 온 보람이 톡톡히 안 있나……."

유별스레 콧날과 눈매가 예쁜 세 손녀에 둘러싸여 흐뭇하게 웃는 그녀의 음성이 자못 호쾌했다.

그토록 건장해 보이던 김수조 여사는 이 인터뷰가 있은 2년 후 1980년 1월 10일, 노환으로 별세하여 경기도 금곡 공원묘지에 모셔졌다.

　역작을 발표하며 왕성한 집필 활동을 했던 이병주 작가는 이 인터뷰가 있던 해로부터 14년 후인 1992년 4월 3일, 71세에 폐암으로 사망하여 남한산성 공원묘지에 묻혔다.

　1965년 『소설·알렉산드리아』로 시작, 『관부연락선』『지리산』『낙엽』『행복어사전』『그해 5월』『비창』『산하』 등을 써냈다. '한국의 발자크'라는 별칭답게 다양하고 정력적인 이야기꾼으로 통하던 그는 40대 이후의 반생 30년 동안 80권의 작품을 쓴 기록을 남기며 한국문학작가상, 한국창작문학상, 한국펜문학상 등을 수상했다.

　이 작가의 아내 이점휘 여사는 2016년 작고했고, 유족으로 아들 이권기(李權基, 경성대학교 일어일문학과 명예 교수), 딸 이서영(李瑞英)이 있다. 이권기 교수는 45세 때 사별한 아버지에 대해 "평생 나와 동생에게 직접 매를 대거나, 호되게 꾸짖는 일 없이 언제나 넌지시 혹은 우회해 스스로 깨닫게 하셨다. 언제나 관대했으며 다정다감하셨다"고 회고했다.

나림 이병주 작품의 주요 무대로 등장하는 고향 경남 하동군에는 이병주 문학관이, 섬진강 강변에는 이병주 문학비가 세워져 있다. 경남 하동군과 이병주기념사업회는 이병주국제문학상, 이병주문학연구상과 이병주경남문인상을 매년 시상하고 있다.

2부

사랑하고 응원하는 어머니

이야기꾼 어머니의 남다른 치맛바람

작가 박완서의 어머니 홍기숙

전란 속에도 자식에 대한 높직한 이상을 펴놓고,

그것을 위해 몸 던져 희생했던 어머니.

참혹한 불행도 욕망도 참고 견디면서

자식 앞에 단 한 번도 눈물을 보이지 않은 인고의 여인.

대작가가 된 딸의 지조 높은 수호신으로 살았던 여인.

빼어난 이야기꾼 어머니

박완서 작가의 안내로 그녀의 화곡동 친정을 찾던 날은 그야말로 무르익은 봄빛이 '휘청거리는 오후'였다.

박완서를 말할 때 요즘 대부분의 사람들은 『휘청거리는 오후』를 떠올린다. 그만큼 흥미진진한 이 장편소설은 그녀의 문명을 널리 알려준 작품이다.

펜보다도 수도꼭지나 장독대를 더 자주 만져야 하는 48세의 주부 작가가 즐겨 다루는 소재는 현대의 삶, 그중에서도 우리가 늘 어깨를 맞비비고 지내야 하는 가까운 이웃들의 애환이다. '부자도 가난뱅이도 아닌 보통 사람들'이 지닌 아픔과 멋을, 소설가 박완서는 나사못을 조이듯이 솜씨 있게 파헤친다.

문학적인 가치 평가에 앞서 우선 그녀가 쓰는 글들은 소설이건 수필이건 재미있어 좋다. 잠깐 마실 나온 옆집 아줌마처럼 친근감마저 떠돈다. 고명한 작가의 대가연(大家然)하는 메스꺼움도, 거드름도 없다.

100여 평 넘어 보이는 너른 안마당엔 팔순의 홍기숙이 아기 다루듯 곱게 가꾸는 금잔디가 뾰족뾰족 새순을 내밀고 있었다. 상앗빛 목련송이는 눈이 시리도록 곱다.

소설가 박완서의 어머니 홍기숙은 올해 79세다. 고운 은발을 쪽머리로 단정하게 다져 빗고 맵시 있게 한복을 차려입은 모습이 그렇게도 참했다. 말씀도 한 마디 한 마디가 흐트러지지 않고 곧고 다부지다. 팔순이라고는 하지만 기억력이나 총기마저 딸 못지않게 완벽했다.

그녀가 태어난 곳은 경기도 고양군 일산이다. 가율이 엄한 양반 가정의 맏이로 자라 19세에 중매 혼인으로 개성에 시집갔다. 사색당쟁의 여운이 남아 있는 때라, 노론(老論)의 반남 박씨와 남양 홍씨의 두 가문이 맺어진 혼사는 고을 안을 들썩이게 했지만, 정작 당사자들은 신방을 치르고서야 얼굴을 마주 볼 수 있었다.

원래 학문 있는 가정이었던 까닭인지 그녀는 어릴 때부터 유식한 어머니 밑에서 자랐다. 교육이라곤 흔한 서당 근처도 안 가봤지만, 요즘 대학 출신 저리 가라 할 만큼의 학문과 식견을 깨우쳐 받은 것도 그 친정어머니 덕분이었다.

"시골서 그리 넉넉지 않은 집안 생활이었지만 농사니 길쌈은 몰랐어요. 글씨 쓰고 책 읽는 것이 일이었죠. 누구 집에 재미있는 이야기책이 있다고 하면, 어떻게 해서라도 빌려다가 밤새도록 호롱불 아래서 베껴놓았죠.『옥루몽』이니『박씨부인전』『삼국지』『유충렬전』 같은 것은 하도 읽어서 나중엔 모두 외웠어요."

그녀는 그때 외운『유충렬전』을 한 구절 틀리지 않고 아직까지도 외우고 있다.

"저보다도 사실은 어머니가 소설가 재질이 있으셔요. 어릴 때 어머니께 들은『박씨부인전』을 나중 커서 읽어보니 어머님 창작이 반이었어요. 아마 남의 책을 베끼면서 마음 맞지 않는 대목은 어머님이 슬그머니 고쳐 써 넣으셨다가 따로 외우셨던 모양이죠? 다른 건 몰라도『박씨부인전』만은 어머님이 고치신 쪽이 지금 전하는 원본보다 훨씬 우수해요."

박완서는 어려서 어머니의 옛날이야기를 무척 좋아했다. 어머니가 구술로 들려주는 『토끼전』이니 『장화홍련전』 『박씨부인전』은 들어도 들어도 무궁무진한 재미의 보따리였다. 남들처럼 동화책을 사들이지도 못했고 요즈음의 흔해 빠진 완구들도 귀했던 시절이라, 학교만 다녀오면 어머니의 바느질손을 멈추게 하고 옛날이야기의 재탕을 졸랐다.

어머니의 구수한 암기 실력은 값진 동화 레코드와는 감히 비교가 되지 않았다. 같은 이야기를 수십 번 들어도 그때그때 표현이 달라 싫증을 몰랐다.

박 작가의 창작 솜씨는 아마도 어머니의 이런 소질에서 나온 모양이다. 딸 못지않은 '대소설가 홍기숙'을 상상해 볼 만도 하다.

며느리의 길을 뒤로하다

소싯적부터 뭐든 한번 들으면 잊는 법이 없었다. 살림손도 여물어 시어머니의 귀여움을 함빡 누렸다. 고부간에 인정이

짙어 며느리가 하는 일이면 뭐든지 무릎을 치고 받아주던 시부모였다고.

사 남매의 맏이인 남편을 받들며 사별하기까지 15년 남짓 개성에서 시집살이를 했다. 예닐곱 마지기 땅에서 소출이라야 고작 20여 석 정도였으니 아무래도 배고픈 양반 살림이었다. 그런 중에도 그녀의 살림손이 알뜰하기로 대소가에 소문이 나서 시부모의 총애가 유별났다.

"고추 당초 맵다는 시집살이의 어려움을 나는 정말 몰랐어요. 내 평생에 그때가 제일 좋았던 걸…… 이렇게 혼자되고 보니 허전하기 짝 없어요. 행여 아이들이 언짢을까 해서 빈말로도 아버지 이야기를 아이들 앞에서 되도록 안 해왔어요. 그렇게 일찍 세상을 뜰 양이면 아이들이나 마음 놓고 한번 귀여워해볼 것을, 어른들 앞이라 한 번 안아주시는 법조차 없었어요. 속으로만 아꼈어요."

개성서 7세까지 성장한 박완서는 아버지가 별안간 세상을 뜨자 큰 변화를 만나게 되었다. 그때까지 살던 고향 마을은 개성서 20여 리 떨어진 벽촌이었다. 어머니가 세상의 얌전한 며느리들처럼 그곳에 머물러 착실히 종손 노릇을 감내하며 있었더라면 오늘의 박완서는 없었을지 모른다.

층층시하에 홀로 남은 어머니는 몇 날 몇 밤을 뜬눈으로 새우며 생각을 짜냈었다. 착한 맏며느리로만 남을 것이냐, 두 남매의 훌륭한 어머니가 될 것이냐는 물음 앞에 어머니는 착한 맏며느리의 길을 접는 파격을 택했다.

그녀는 자식들의 앞날을 위해서 시댁 종제사를 동서에게 맡기고 두 남매를 데리고 고향을 떠나 서울로 왔다. 박완서가 7세, 오빠가 14세 때였다. 두 철부지를 거느린 그녀는 "사람은 낳아서 서울로 보내라"는 속담을 무슨 고난이 있어도 지킬 결심이었다.

현저동 산 막바지 빈민촌에 사글셋방으로 출발한 이 외로운 가족은 남 보기엔 초라했을지 몰라도 그런대로 행복했다. 개성 시댁에선 워낙 믿었던 며느리라서 탓하지 않고 힘자라는 데까지 보살펴주었다. 곡식이며 채소까지 인편에 보내주고 아무 생각 말고 아이들을 훌륭히 키우라고 오히려 격려했다.

"겉보기엔 저렇게 얌전하신데 사실 우리 어머닌 때때로 아주 엉뚱하신 데가 있어요. 저희들 학교를 선택할 때도 어머님은 고차원적인 결정을 하셨어요. 요즘 용어로 말하면 치맛바람인데, 저는 어머님이 하신 일을 그렇게만 말하고 싶지 않아요. 어머님 나름대로의 이상을 펴놓고, 그것을 위해 물불을 가리지 않고 희생을 각오하신 거죠."

어머니의 이 대담한 행보는 결과적으로 엄청난 고난과 풍파를 몰고 왔지만 박 작가는 무조건 고향을 떨쳐 나온 어머니를 두둔하는 쪽이다.

자식 일엔 남다른 극성

일제 치하에서도 학구 내 진학 제도는 엄격했다. 현저동 거주민이면 무조건 무악재 근처의 국민학교 진학만이 허용되고 있었다.

그때까지 서울 지리 하나 제대로 못 익힌 어머니였지만, 귀동냥으로 일류 국민학교 얘기를 듣고는 이왕 아이들 교육을 위해 고향을 떠나왔을 바엔 무슨 희생을 해서도 그곳에 진학을 시켜야 한다는 고집이었다. 수소문 끝에 그녀는 먼 친척의 도움을 얻어 일류로 소문난 당시 매동국민학교 입학을 강행하고 말았다.

"우리 남매는 어려서부터 정직하라는 가훈을 머리에 못 박히도록 들었어요. 어머님은 제 앞날을 생각하시느라고 그토록 애를 쓰신 것인데, 어린 저에겐 법을 어겼다는 그 사실 하나만도 강박관념에 가까운 고통이었어요. 길을 잃었을 땐 현저동 주소를 말해야 하고, 학교 선생님이 물으면 매동국민학교 옆에 사는 친척집 주소를 외웠다가 대답해야 했으니 말예요."

오빠는 선린상업학교에 진학했다. 이 무렵부터 어머니는 바느질품팔이에 나섰다. 남매가 공부하는 책상머리에서 밤늦도록 삯바느질을 했다. 한번 잡은 이 삯바느질은 남매가 거의 장성하도록 이 집의 유일한 수입원이었다. 어머니는 자신의 가냘픈 몸매로 남매에게 닥쳐올 거친 세파를 용케도 막아주고 있었다.

"아무리 어려웠어도 어머니는 우리에게 내색을 않으셨어요. 설령 끼니가 없다고 해도 공납금만은 별도로 챙겨두셨다가 제일 먼저 내주셨어요. 어머니는 좀처럼 우시는 법이 없어요. 당신의 기분을 참고 표현하지 않으려고 작정하셔요. 지금 생각하면 우리 남매가 철없이 어머님의 속마음을 모르고 지난 때가 많았다는 생각이 들어요."

어머니의 마음가짐이 흐트러지거나 격해지는 모습을 철들어선 좀처럼 대하지 못했다는 박 작가이다.

지금 딸 박완서는 오 남매의 어머니가 되었다. 자신의 다섯 아이들에 둘러싸여 지내면서 비로소 어머니의 옛적 심사를 알 만하다고 그녀는 웃었다. 뼈를 깎는 사랑을 부어준 어머니지만, 자라서 품을 떠난 뒤론 무엇 하나 갚아주기를 기대하지 않던 어머니의 담담한 마음을 자신도 이제는 알 듯싶단다.

"본래 자식은 키우는 재미죠. 거두어 입히고 먹이고 키우는 보람이 제일이에요. 어떻게 하면 어미 된 도리를 다할까 한평생을 그러다 가는 것이 어미가 아니겠어요? 다행히 우리 두 아이는 클 때까지 탈 없이 자라주었어요. 6·25가 있기 전까지 어려우나마 세 식구가 오붓하게 살았던 셈인데……."

세상에 남은 건 오로지 둘뿐

전란 통에 어머니는 이 집의 기둥이다시피 한 아들을 잃었다. 하늘이 내려앉는 듯한 힘겨운 슬픔이었다. 남편을 여의던 때의 몇천 배나 되는 슬픔이었다. 그 아들이 지금 살았으면 58세. 아들이 남긴 두 손자가 성장하여 맏손자 박찬욱(朴贊旭)이 지금 그녀를 모시고 산다.

오빠를 잃으면서 박 작가네는 풍비박산이 된 거나 다름없었다. 더러 남하한 친척이 있기도 했었지만, 38선으로 고향은 단절되고, 세상에 모녀만 오롯이 남았을 뿐이었다.

"어머닌 참 눈물이 귀하셔요. 슬픈 일을 두 차례나 겪으면서도 제 앞에서 흐느껴 울지 않으셨어요. 저렇듯 조그마한 분의 어디에 그렇게 꿋꿋한 의지가 숨어 있는지 말예요."

어머니는 강했다. 슬픔에 굴할 겨를 없이 남겨진 의무에 순종하는 데만 안간힘을 썼다. 남편 별세, 아들의 참변. 이 잇단 비극에 이어 박 작가가 20세에 학업을 중도에 폐한 것은 당시로선 어쩔 수 없는 일이었지만, 이날까지도 어머니 가슴엔 한으로 맺혀 있다.

그녀는 역경 속에서나마 딸이 만난을 물리치고 학업을 계속해 주기를 바랐다. 딸은 당시 숙명여중·고를 마치고 서울대 문리대 국문과 신입생이었다.

전쟁이 나던 1950년 봄, 박 작가는 그토록 원하던 서울대에 입학했지만, 철없이 취학만을 고집할 수 없는 형편이었다. 전란 중에도 명동성당서 강의가 속개된 적이 더러 있었지만, 오빠를 잃고 난 당시로서는 더 이상 어머니를 자신의 학업으로 희생시킬 수 없다는 생각이 고개를 들었다.

딸은 학업을 폐하고 직업 전선에 뛰어들었다. 그 무렵 전란 속의 직장에서 만난 동료 직원 호영진(扈英鎭)이 바로 박 작가

독자들의 사랑을 한몸에 받은
소설가 박완서

남편이다.

1953년, 딸이 어머니 앞에 결혼 의사를 밝혔을 때 어머니의 실망은 컸다. 어떻게든 복학을 시키려 발버둥 쳤던 어머니 심정을 모른 척하고 품을 떠나려는 딸 앞에 어머니는 차근차근 반대론을 폈다.

도무지 내키지 않는 혼사였다. 딸이 결혼 상대로 골라온 신랑감 집안이 양반이 아닌 중인이었기 때문이다. 양반 집안 핏줄인 어머니는 전통적인 차별 의식을 버리지 못했다.

"어머니의 실망도 알 만은 했죠. 그러나 집안은 몰락할 대로 몰락한 데다 그야말로 쥐뿔도 없으면서 어르신네들의 양반론을 묵묵히 따르기는 싫었어요. 저 나름대로 어머니를 설득하다 못해 나중엔 반발심이 들었어요. 지금 어머니껜 죄송하지만, 어떻게 보면 그때 젊은 마음엔 오랜 양반혼의 습성을 깨고 중인과 결혼한다는 데 오히려 쾌감을 느꼈던 것 같아요. 지금 후회하느냐고요? 천만에요. 명분에 얽매여 사는 어머니 시대보다는 실속 있는 행복이 제겐 필요했어요. 프라이팬에 기름을 두르고 내 아이들과 식구를 위해 일하고 있을 때 나는 가장 푸근한 위안을 느껴요. 글을 쓴다고는 하지만 그건 외로운 투쟁이죠. 아직은 외롭기만 한 줄타기 연습 같아 결코 푸근할 수 없어요."

　홍기숙 자신도 지금 그때의 완고했던 자신을 자책하고 있다. 그러나 그 당시엔 사위 집안 문제만이 아니라 열심히 공부해서 이름난 학자나 대학교수가 되어주었으면 하던 바람을 접어 넣는 딸의 선택부터 도저히 찬성할 수가 없었다. 마지못해 내키지 않는 허락을 하면서도 마음 한구석이 무너지는 이중의 아픔을 짓씹어야 했다.

모전여전의 창작 솜씨

　따지고 보면 그녀의 지난 팔십 평생은 가파른 우여곡절을 지나온 인고의 세월이었다. 불행도 참고 욕망도 참으면서 그녀는 자기 앞에 주어진 삶의 군더더기를 끝없이 걸러냈다. 6년 전 친딸처럼 의지하며 살아온 외며느리가 병으로 세상을 뜨면서 그녀는 더욱 깊은 외로움을 견뎌야 했다.

　지금 박 작가의 화곡동 친정엔 어머니의 맏손자인 찬욱 내외와 엊그제 첫돌을 지낸 꼬마 증손자, 네 식구가 살고 있다. 어제의 먹구름을 날려 보낸 봄볕 넘치는 이 집 뜰엔 증손자의

걸음마를 지켜보는 할머니의 웃음이 곱게 흐른다.

어머니는 딸이 쓴 소설을 빼놓지 않고 읽는다. 딸의 글솜씨가 어떠냐고 물었더니 대번에 고개를 가로저었다.

"제가 뭘 알고 소설을 써. 남들은 소설가 박완서니 뭐니 해도 내가 보기엔 아직 어린애야. 그리고 객소리가 많아. 이거 다 무슨 소린지…… 우리 마음엔 요즘 소설보다 예전 고대소설이 나은 것 같애."

부모 마음엔 육십 먹은 자식도 어린애라더니, 오십 줄을 바라보는 천하의 인기 작가 딸을 여지없이 깎아내리는 걸 보니 여전히 미덥질 않나 보다.

달관의 경지에 이른 이 어머니에겐 분에 넘치는 욕망도, 각박한 삶을 놓고 콩 튀듯 볶아대는 성화나 안달도 없다. 팔십 평생의 꼭 반을 자신의 삶보다는 자녀의 삶을 위해 바쳤다. 한국의 어머니가 아니고는 아무도 할 수 없는 오직 희생의 삶만으로 그녀는 40년을 일관했다. 설치고 덤비는 사람만이 운명에 강한 것은 아닌 모양이다.

마음이 맑으면 거기 천당이

그녀의 외모에서는 차돌 같은 이지가 풍긴다. 조그만 몸매, 단아한 얼굴 모습, 웃음, 눈짓, 하나하나가 사랑스럽기만 하다. 이 예쁜 할머니가 비극의 산을 넘고 넘어 80년을 살아온 노장이라고는 누구도 믿기 어렵다.

"어머니는 처음 만나면 누구나 차갑다고 해요. 좀 사귀면 다들 좋아하죠. 절대로 군말씀이 없어요. 비극적인 인생을 사셨지만 사랑을 많이 받으셨어요. 친정에선 귀염둥이 따님으로 자라셨고, 시집오셔서도 시부모의 사랑을 우리 어머님만큼 받으신 분은 없을 거예요. 완고한 옛 시부모였건만 어머니의 모습이 안마당에 나타나면 모든 탓과 허물도 눈 녹듯 사라졌으니까요."

서울서 전셋집을 전전하며 생활 기반을 잡기까지 열 차례도 더 이삿짐을 꾸려야 했다. 낯선 동네에 이사를 하고 나면 이웃들은 노상 쌀쌀한 여자라고 돌려놓다가도, 10여 일만 지나면 친부모처럼 정다워지기 일쑤였다. 얼른 범접하기 어려워 보이던 냉정한 인상이 어머니와 대화 몇 마디만 나누면 스르르 녹아 없어진단다.

박 작가가 매동국민학교 1학년 때의 일이다. 학군 위반이 발각될까 봐 늘 전전긍긍하던 그녀에게 담임선생은 내일 가정방문이 있다고 알려주었다. 남몰래 귀밑까지 얼굴이 빨개진 꼬마 박완서는 한달음에 집으로 돌아와 어머니 무릎에 엎어져 숨이 턱에 차서 이 소식을 전했다. 이젠 학교는 다 다녔구나 하는 생각에 어린 마음은 그저 눈앞이 캄캄하기만 했다.

그러나 이 이야기를 들은 어머니는 눈 하나 깜짝 안 했다. 그만한 일에 준비도 없이 어떻게 학군 위반을 하겠느냐는 것이었다. 다음 날, 어머니는 학교 앞 친척집에 떠억 버티고 앉아 가정방문을 받았다. 지금도 그날 생각을 하면 가슴에서 쿵덕 소리가 나는 것 같다는 딸에 비하면, 그녀는 체구는 작지만 마음은 대장부다.

그녀는 10여 년 전부터 마음을 불교에 쏟고 있다. 한 달에 불전을 얼마나 내느냐고 슬쩍 물었더니 그녀는 망설임도 없이 답했다.

"불전은 마음의 표시이지요. 맘이 깨끗해야지, 금전으로 천당을 사려고 해서는 우스개밖에 안 됩니다. 마음이 맑으면 거기에 저절로 천당이 들어와 앉지요."

노인답지 않게 앞에 놓인 커피 잔을 맛있게 비우며 그녀는 잔잔히 웃었다.

"요즘 젊은 여성을 대하시면서 눈에 거슬리는 점이 없으세요?"

"왜 없어요. 선생님처럼 집일을 놔두고 직장에 나가는 여성을 보면 나는 노상 걱정부터 돼요. 내 딸이나 며느리는 그것만은 절대로 못 하게 할 거예요. 여자는 여권시대니 뭐니 해도 안방을 지켜야죠. 가사를 남에게 맡겨놓고 남의 일을 하러 다니다니, 이건 절대적으로 잘못하는 거예요. 여자가 나다니면 남자 하는 일이 편치가 않죠."

그녀의 너무도 단호한 말씀에 쓴웃음이 났다. 하긴 그 말씀이 지당한지도 모르겠다. 믿을 만한 탁아소도, 변변한 여권 보장도 없이 직업과 전공을 찾아 무작정 가출한 오늘의 여권이 딱하다고 실감될 때가 나 자신도 한두 번이 아니니까. 구세대 여성다운 명쾌한 지적에 두말없이 백기를 들어드리고 그 댁을 물러 나왔다.

문학평론가 故 김윤식 교수는 생전의 박완서 작가를 "병의 물을 거꾸로 쏟는 듯이 유려하고 한 점 막힘이 없는 천의무봉의 작가"라고 칭찬했다.

이 인터뷰가 있던 1978년에서 2년이 지나 1980년부터 발표되기 시작한 『엄마의 말뚝』 1~3권을 읽어나가면서 온 세상 쓴맛 단맛을 다 본 듯한 홍 여사의 애잔하던 미소가 줄곧 생각났다. 1988년 부군과 외아들을 석 달 사이에 저세상으로 보내야 했던 박 작가의 비보를 접하면서 모두들 가슴 아파했다.

생전에 이상문학상, 이산문학상, 중앙문화상 예술대상, 현대문학상, 동인문학상, 한무숙문학상, 대산문학상, 만해문학상, 인촌상, 황순원문학상, 호암상 등 화려한 수상 이력을 이어가던 그녀는 2006년, 전쟁으로 중퇴해야 했던 서울대학교에서 명예 문학 박사 학위를 받았다. 한 작가가 누릴 수 있는 모든 영광을 누린 셈이다.

독자들의 열광 속에 마지막까지 붓을 놓지 않았던 그녀는 "소설가란 신분증은 없어도, '나는 소설가'란 자각 하나로 살아왔다. 난, 아직도 소설의 정의를 못 내리고 있다. 다만 '소설은 얘기다' 정도로만 여긴다. 어머니처럼 '뛰어난 얘기꾼'이고 싶다"는 말로 어머니에 대한 극진한 사랑을 남겼다.

박 작가의 슬하에 남은 네 딸의 맏이는 수필가 호원숙, 셋째 딸은 서울대 의대 호원경 명예 교수다. 박 작가는 2011년 1월 22일, 경기 도 구리시 자택에서 담낭암 투병 중 향년 80세로 별세하여 남편과 아들이 묻힌 용인 천주교 공원묘지에 잠들어 있다.

피아니스트의 마디진 손

파이프오르가니스트 곽동순의 어머니 이영옥

집에 피아노가 없었던 어린 시절,

잠깐이라도 피아노를 쳐보려고 밤에 레슨을 가는 어머니 손을 잡고

가파른 언덕배기 층계를 오르던 어린 딸은

국내 최고의 오르가니스트가 되었다.

당신도 피아니스트였건만 딸을 위해 단 한 번도

자신의 리사이틀을 꿈꿔보지 못했던 그녀.

사위는 서류 심사로

40여 평 되는 너른 뜰엔 여름비에 씻긴 잔디가 무성했다. 그 검푸른 초록을 배경으로 자그마한 젊은 여인이 하늘하늘 마주 걸어 나왔다. 옆구리와 등판을 시원하게 드러낸 비키니풍의 블루진 원피스 차림에 하얀 맨발이다.

아무렇게나 쓸어 넘긴 파마한 머리칼과 달리 공들여 매만진 짙은 눈 화장이 눈길을 끌었다.

이 사람이 지금 한창 성가를 올리고 있는 음악인 곽동순(郭東洵)이다. 29세, 파이프오르가니스트, 세종문화회관 개관기념

예술제의 초청 주자, 미시간대학교 대학원 음악 박사 과정 이수 중. 그녀에 대한 정보를 대강 머리에 넣고 응접실에서 그녀의 어머니 이영옥(李英玉)과 마주 앉았다.

곁에는 곽동순의 초청 연주회를 위해 함께 일시 귀국한 사위 장성인(張誠寅)이 자리를 함께해 주었다.

"남편 계신 자리에서 이거 실례되는 말씀입니다만, 동순 씨가 기혼 여성이라니 도무지 믿어지질 않네요. 어리광쟁이 대학 1, 2학년생 같거든요."

"어머! 제가 그렇게 어려 보이나요? 분명히 2년 전에 이 사람과 미국서 결혼했어요."

미시간대학에서 기계공학을 전공한 동갑의 남편을 턱으로 가리키며 그녀는 어깨를 흔들고 까르르 웃었다. 결코 기혼 여성 같지 않은 데다 무엇에도 구애받을 것 같지 않은 자유인의 이미지다.

연세대 음대 수석 입학, 수석 졸업에 이어 1973년 연세대 대학원을 졸업한 후 미국으로 건너간 딸이 유학생 기숙사에서 우연히 알게 된 인연과 결혼으로 맺어졌다고 어머니 이영옥이 설명해 준다.

"엄마도 이번에 저이를 처음 보셨어요. 1976년 한창 공부 중에 결혼식을 올렸기 때문에 둘 다 나오질 못했었죠. 교제 도중에 제가 한번 엄마 아빠께 결혼 허가를 받으러 나왔어요."

"그럼 부모님은 사위를 서류 심사만 하신 셈이군요."

"네, 맞아요. 엄만 당신 자신도 연애결혼하셨기 때문에 내가 좋다니까 무조건 예스하셨어요. 아빠도 물론이구요."

"서류 심사로만 본 사위를 이렇게 직접 만나시니 어머님 소감이 어떠세요?"

"우리 동순이가 신랑을 참 잘 골랐다 싶어요. 시부모님도 이해가 깊으시다니 더욱 마음이 놓입니다. 원체 살림을 모르고 컸기 때문에 시집을 보내놓고도 늘 마음이 안절부절이었어요. 이렇게 만나 보니 의외로 저희들끼리 잘 꾸려가며 지내는 모양이에요. 사위가 너그러워서 조력을 잘해주는 덕분일 거라고 생각합니다."

"어머님 말씀처럼 정말 아내를 많이 도우시나요?"

슬며시 화살을 사위 쪽에 돌리니 금방 대답이 돌아온다.

"요리는 아내가 해요. 그 나머진 모두 제 차지예요. 미국 생활은 기계가 해주는 일이 많으니까 아내가 원료를 넣으면 작동해서 완료까지는 으레 제 책임이죠."

동안의 사위는 굵은 안경테 너머로 쾌활하게 웃었다. 그는 현재 미시간주의 방역연구소에서 실험 백신 제작에 참여하고 있는 아버지를 따라 12년 전 도미했다. 국내 미생물학계의 권위자로 알려진 아버지와 함께 온 가족이 1966년 이후 미국서 생활해 왔다.

생활 습속이 미국화된 까닭인지 그가 아내에게 요망하는 것도 '아내'나 '며느리'보다도 가벼운 여자 친구에게처럼 여유로웠다. 오랜만에 귀국해 보니 달라진 것이 많아서 고국에 왔다는 느낌보다 복잡한 어느 이국에 들른 느낌이란다.

요람에서부터 건반과 함께

곽동순은 원래 음악가 가정에서 자랐다. 그녀가 얼마나 뛰어나게 선천적인 재능을 가졌느냐에 앞서 음악을 해야 하는 환경이 그녀를 맞았던 셈이다. 그녀는 우리나라 종교음악계 1인자로 손꼽히는 오르가니스트이자 연세대 교수인 곽상수(郭商洙)의 세 딸 중 맏이이다.

고모는 이화여대 기악과 교수이자 피아니스트인 곽은수(郭銀洙)다. 어머니 이영옥도 이화여전 음악과를 나온 피아니스트다.

말하자면 그녀는 요람에서부터 건반음을 익힌 예비 음악인이었던 셈이다. 맏이인 그녀는 음악인 부모의 열의와 사랑을 듬뿍 받고 자랐다.

"엄마가 정식으로 피아노를 가르쳐주신 건 네 살 때였어요. 그렇지만 그땐 벌써 웬만한 음은 다 짚을 줄 알았을 때죠. 종일 피아노에 매달려 있어도 조금도 싫지가 않았어요. 어렸을 땐 주로 엄마의 레슨만 받았고, 대학에 와서부터 아빠의 도움이 많았어요. 고모도 나를 많이 가르쳐주셨어요."

그녀는 대학 때까지만 해도 피아노를 전공했다. 이제까지 국내엔 연세대 음대가 소장한 한 대의 파이프오르간이 있을 뿐, 오르간 전공자들의 충분한 연습장이 없었다.

그래서 그녀는 우리나라를 가리켜 '오르간 음악의 불모지'라는 말을 서슴없이 쓴다. 그 불모지에서 어린싹을 키워준 사람이 바로 아버지 곽 교수였다.

"이제 우리나라는 겨우 쓸 만한 두 대의 파이프오르간을 가졌어요. 연습할 악기가 없으니까 국내엔 오르간학과도 두 곳밖엔 없죠. 미국에선 복고적인 오르간에 음악학도들이 많이 몰려들고 있어요. 앞으로 나도 자연히 국내보다 외국서 공부를 더 해야 할까 봐요. 요번에 세종문화회관의 값비싼 파이프오르간으로 연주를 하고 나니까 감개무량하더군요. 엄마 아빠 칭찬을 많이 받았어요. 내가 생각해도 오랜만에 시원한 연주를 한 것 같아요."

아버지 곽 교수는 변변한 악기 하나 없이 지난 20여 년 동안 오르간을 전공하면서 국내 파이프오르간 연구의 명맥을 이어왔다.

"아들도 없고 해서 아이들 중 누군가가 아버지가 일생을 두고 해오신 공부를 물려받았으면 싶었어요. 둘째, 셋째는 모두 피아노를 곧잘 치지만 더 좋아하는 전공이 있어서 아예 바라지도 않았고, 동순이가 적격이었던 거죠. 저는 어릴 때부터 훌륭한 피아니스트를 만들고 싶었어요."

어머니는 네 살짜리 딸에게 어느 날 악보를 가르쳐보았다. 신통하게도 해독이 빨랐다. 흡사 자신의 어린 시절을 다시 보는 느낌이었다.

반주자와 지휘자의 만남

이영옥도 종교와 음악이 있는 가정에서 자랐다. 개성 태생인 그녀는 40여 년이나 감리교 목사로 활약한 이호빈(李鎬斌)의 외동딸로 성가대의 맑은 합창 소리와 교회 피아노를 장난감 삼아 유년 시절을 보냈다. 방바닥이나 책상, 밥상 할 것 없이 손이 닿는 곳에선 무조건 건반 두드리는 흉내를 내곤 하는 것을 보다 못한 친정어머니가 어린 그녀를 이끌고 작곡가 이흥렬(李興烈) 선생을 찾아 나섰다.

당시 아버지가 원산교구의 목사직에 있을 무렵인데, 그곳서 피아노 공부에 전념하던 그녀는 아버지의 이동에 따라 개성으로 옮겨 호수돈고녀를 졸업하고 서울로 와서 이화여전에 진학했다. 아버지의 명령으로 이전(梨專) 보육과에 가기로 작정했던 이영옥은 원서 마감이 다가오면서 도저히 견딜 수가 없었다.

밤새도록 아버지 앞에 앉아서 음악과에 가겠노라고 빌었다. 아버지와 같은 교구의 미국 여선교사의 도움으로 간신히 아버지를 설득한 그녀는 날듯이 기뻤다. 그녀는 곧바로 음악과 이애내(李愛內) 교수 아래서 피아노를 전공했다.

졸업 후 한때 선천에서 보성여학교 음악교사로 재직하던 그녀는 일인 교장과의 충돌로 사직서를 내던지고 귀향한 직후 8·15해방을 맞았다.

"그때 계속 선천서 교권을 잡고 있었더라면 지금 여기 있지 못했을 거예요. 운이 좋았죠."

그 후 이영옥은 스승의 알선으로 이화여고서 10여 년간 음악교사를 지냈다. 정동교회는 이영옥 부부의 사랑이 싹튼 곳이다. 그 무렵 성종합창단을 이끌고 있던 곽상수는 바흐의 합창곡 연주에 꼭 오르간 반주를 넣고 싶었다.

당시 전자오르간이라곤 시내를 통틀어 보아도 정동교회의 하몬드 오르간 한 대뿐이었다. 이영옥은 교사 생활 틈틈이 정동교회에서 오르간 반주를 맡고 있는 터였다. 수소문 끝에 그는 이화여고 교무실로 이영옥을 찾아갔다. 처음 보는 이영옥에게 그는 반주를 청했다. 같은 종교음악 활동을 거절할 수 없었던 그녀는 쾌히 승낙했다.

미혼의 반주자와 지휘자가 나란히 정동교회를 드나드는 일이 잦아졌다. 알게 모르게 사랑 어린 대화가 오갔다. 그들은 1년 후 정동교회에서 결혼식을 올렸다.

그녀는 두 시누이를 거느린 독실한 기독교 가정의 외며느리가 되었다. 돈암동서 시집살이를 하면서 신혼 시절을 보냈다. 신혼의 재미를 만끽할 여유도 없이 첫딸 동순이 태어났다.

병원 산실에서 아기의 고고성을 들으면서부터 그녀는 이 아기를 유망한 음악인이 되게 하자고 마음먹었다.

"지금과 또 달라서 애들이 자랄 때 주변 사람들은 노상 아들이 없어 어쩌느냐 걱정이었어요. 우리 부부는 정말 한 번도 그런 말에 고개를 끄덕여본 적이 없어요. 그 대신 무엇이든 세 딸들에게 필요한 교육은 아끼지 않았어요. 우리 집의 자랑이 바로 이 세 아이들이랍니다."

55세의 연령이 믿어지지 않을 만큼 곱살한 얼굴에 잔잔한 웃음이 인다. 음악과 더불어 사는 이들은 늙지 않나 보다.

자녀의 미래를 위한 자유방임주의

둘째 딸 곽동경(郭東卿, 26세)은 연세대 가정과와 대학원을 나와 모교에 출강하면서 유학 준비 중이고, 셋째 딸 곽동희(郭東嬉, 24세)는 이화여대 불문과를 나와 홍익대 대학원서 의상 디자인을 전공하고 있다.

"부모는 그저 장래를 위한 터전을 마련해 주는 거죠. 모든 것을 스스로 알아서 뚫고 나가도록 우리는 그저 앉아서 박수를 보낼 뿐입니다. 우리도 젊어서 부모에게 그것을 바랐어요. 우리가 이제 늙었다고 해서 젊은 애들에게 이래라저래라 하고 싶진 않아요. 어릴 때도 무엇 하나 당부하고 나무라보지 않았어요."

이 가정에서의 자녀교육은 그녀의 주장대로 철두철미한 자유방임주의다. 아무 간섭 없이 멋대로 자라게 했건만 세 딸 중 아무도 비틀어진 이 없이 곱게 성장하여 제 갈 길을 가고 있다며 대견해했다. 그러나 쓸데없는 간섭이 없었던 것이지 남다른 지원과 조력이 없었던 것은 아니다.

동순을 가질 무렵엔 시부모 밑에서 어찌나 입덧이 심했는지 무척 고역이었다. 선이 가늘고 예민해 보이는 이 첫딸이 태어났을 때 그녀 부부는 극성스러우리만큼 딸의 시중을 잘 들어주었다. 음감이 천성적으로 예리했던 꼬마 동순은 강보에 싸였을 때부터 음악 소리만 들려주면 울다가도 뚝 그치고 잘 놀았다. 가세는 그리 풍족한 편은 못 되었다. 더구나 KY 기독교 방송 업무로 곽 교수가 혼자 도미했다가 귀국하기까지의 몇 년간은 어머니 혼자 생계를 꾸려가야 했다.

6·25 때 자기 피아노를 잃은 그녀는 악기가 없어 피아노를 가진 문하생들의 집을 직접 순방하며 연주법을 가르쳤다. 그런 때면 네댓 살의 동순은 어머니 손을 잡고 따라가서 어머니가 레슨을 끝낼 때까지 기다렸다가 그곳에서 조금씩 연습을 했다.

"어딘가 무척 가파른 언덕배기 층계가 있었어요. 레슨이 끝나고 동순이와 둘이서 밤에 돌아오려면 어른도 발이 덜덜 떨리도록 무서웠건만 싫다 소리 없이 늘 따라다니더군요. 저렇게 어른이 된 모습을 보니 그때 그 꼬마둥이 동순이가 생각나네요."

그 후 남편이 귀국하면서 친지가 쓰던 피아노 한 대를 가져와 집에서 마음 놓고 가르칠 수 있게 되었다.

"그때 아빠가 미국서 오시면서 아무래도 너희 시대의 사회에서 올바른 사회인이 되려면 남녀공학에서 남자들과 경쟁하면서 기초를 닦아야 한다고 저에게 남녀공학을 권하셨어요. 덕분에 난 사대부속국민학교, 이대부속중고교, 연세대, 미시간대…… 이렇게 남녀공학만 골라 다녔답니다."

피아노 교습도 간단히 지도만 끝내면 연습 시간을 자유로 맡겨두었다. 이제껏 하루에 몇 시간을 하라느니, 그만하고 쉬라느니 하는 이야기를 들어보지 못했다.

종교와 음악은 물과 공기

세 자매와 예술인 남편의 뒷바라지를 해오면서도 어머니 이영옥은 꾸준히 자기 전공 분야의 연마를 계속해 왔다.

결혼 후 30여 년간 교수 생활을 병행하면서도 그녀는 이제 껏 집 안 청소나 요리를 남에게 맡겨본 적이 없다. 그녀가 얼마나 성실한 아내며 어머니인가 하는 것은 그녀의 몸가짐에서도 느껴진다.

그녀는 지금 이화여대 사범대학 교육과에서 후진에게 피아노를 가르친다. 60년을 바라보는 그녀의 삶에서 종교와 음악은 물이나 공기처럼 생명원(生命源)에 해당하는 비중을 지닌다. 그녀는 자신의 일생이 퍽 유연하고 행복했다고 술회했다.

일주일에 20시간 정도의 강의를 끝내면 매주 한 장쯤 받아보는 맏딸의 편지에 두 장씩 답장을 쓴다.

오랫동안 피아노와 생활해 왔지만 지금껏 그녀는 단독 리사이틀을 가져본 적이라곤 한 번도 없다. 이화여대 대강당에서 슈만의 피아노 협주곡을 남편 곽 교수의 오르간 반주로 협연한 연주회가 유일하다. 아예 스스로의 명성과 야심을 안으로 접어 넣은 채 그녀는 근검절약하며 조용히 자기를 지켜왔다.

그 대신 딸을 위해서라면 단 한 푼도 아껴보지 않았다.

사실 곽동순만 한 연배에서 그만큼 자주 독주회를 가진 신진도 드물다. 그녀의 경력은 찬란하다. 이화여대부고 1학년 시절 연세대 주최 음악 경연 대회 피아노 부문에서 1등을 차지한 그녀는 연세대 종교음악과 신입생 시절에 첫 피아노 독주회를 열었다.

그녀는 연세대 음대의 수석 입학, 수석 졸업생이다. 재학 중 '연세 콘서트콰이어' 반주를 맡아 이미 일본과 미국 순회 연주를 끝냈고, '서울 유니언 처치'의 오르가니스트로 있으면서 네 차례나 독주회를 가졌다.

미시간대학서 지금 그녀를 가르치고 있는 스승은 세계적인 여류 오르가니스트 매릴린 메이슨 박사다. 그녀는 그 문하에서 최우수 성적으로 석사 과정을 끝냈다. 그 밖에도 그녀는 미국서 2회의 파이프오르간 독주회와 하프시코드 독주회, 피아노 독주회 등을 계속 열었다.

음악 예술은 단순히 재능만 가지고서는 꽃피우기가 어렵다. 한 사람의 천재를 기르기 위해선 주변의 누군가가 반드시 그 비용과 노력을 지불해야 한다.

"어머니 자신이 예술 활동을 하시는 분이었지만 어릴 때 저

1990년 세종문화회관 독주회를 마친
곽동순과 어머니의 모습

희 세 자매에게 조금도 불편을 끼치지 않으시려고 늘 자신을 희생하셨어요."

이것은 동순 씨의 어머니 자랑. 이 세상의 어떤 피아니스트가 손을 아끼고 싶지 않을까? 집안 식구들이 불편을 느끼지 않을 만큼 아마도 어머니의 많은 잔손질이 아무도 몰래 이 가정에 필요했을 것이다. 딸의 섬섬옥수에 비하면 이 여사의 마디진 손등은 예술가라기보다 일손 세찬 주부들의 손을 닮았다. 여자가 예술과 가정을 병립시키기란 정말 어려운 일이다.

너무 행복한 음악 가족

어머니는 일부러 딸에게 살림을 가르쳐주지 않았다. 동순에게 바늘 한번 잡혀보지 않았단다.

여자로서의 삶이 불편할까 봐 조바심치면서도 내심으론 곧바로 예술에의 길만을 걷게 하고 싶었다. 그래선지 어머니는 사위의 여성관에 사뭇 안도를 느끼는 것 같았다.

"여자가 밖에 나가 자기 일을 하기 때문에 남편이 불편하다는 것은 순간적인 거라고 봐요. 반대로 집에 앉아서 거친 일에 육체적인 봉사를 열심히 해준다는 것은 당장은 편할지 모르죠. 그러나 심리적으로 남편의 부담은 말할 수 없이 커져요. 차라리 순간순간의 불편을 참고서 아내의 협조자가 되는 것이 저는 좋습니다."

예술가의 남편으로서 이쯤 되면 합격점을 찍고도 남는다. 어쩌다 아내보다 먼저 퇴근하여 돌아왔을 때 빈 아파트에 들어서면 그 역시 아이들처럼 서운함을 느끼지만 생활의 굴레에 휩쓸리는 범부의 삶을 아내에게 요구하고 싶지 않다고 그는 잘라 말했다.

이 점에 있어서는 곽상수 교수도 마찬가지다. 그러고 보면 이들 모녀 모두 여류 예술가로서 행운아이다. 여성 예술가들이 행복한 가정을 가졌다면 거기엔 소위 외조의 보탬이 꼭 있었을 것이다. 단란한 세 자매와 이영옥 부부는 하모니가 잘된 교향악처럼 행복스러운 음악 가정을 이루고 있었다.

어머니가 여행을 무척 즐기기 때문인지 이 가정의 묵은 사진첩엔 전국 방방곡곡의 관광 홍보물을 보는 것처럼 다채로운 여행 사진이 담겨 있었다.

"엄마 아빠는 안 가보신 데가 없어요. 이번 여름에도 모처럼 저희 세 자매가 만났으니까 며칠 잡아서 온 가족이 제주도에 가게 될 것 같아요."

모처럼 함께 모인 이들 가족은 7월 말 출국 때까지 국내 명승지를 찾아 여름을 즐길 예정이란다. 그녀는 아이처럼 행복해 보였다.

해외에서 갓 돌아온 젊은 예술인을 대할 때마다 빼놓지 않고 느끼는 것이지만, 어떤 예술의 천재성도 그 나름의 철학을 결여할 때는 단순한 예능에 지나지 않는다는 것이다. 빼어난 재능이나 천분도 끝없는 자기 고뇌와 계발에 의해서만 예술로 승화하는 것이다. 부모의 극진한 뒷받침 아래서 한 포기의 정갈한 난처럼 귀하게 성장한 그녀가 앞으로 극복해야 할 대상은 바로 자기 자신일 것이다.

딸에게 닥친 모든 고뇌를 막아서서 살아낸 어머니 대신 이제 스스로 예술인의 길을 걸어가야 한다. 그녀의 해맑은 얼굴, 말끄러미 내려다보는 예리한 시선 속엔 미래를 향한 자신감이 팽팽해 보였다.

2012년 7월 31일, 이영옥 여사는 세상을 떠나 새문안교회 추모공원에 잠들었다. 미시간대학에서 박사 학위를 받고 귀국한 곽동순 씨는 1988년부터 연세대 음대 교회음악과 교수가 되어 연세대 음악연구소 소장, 한국오르가니스트협회 이사장, 한국교회음악학회 회장 등을 역임하며 오르간 연주자로 명성을 높였다.

파리 노트르담성당 등 세계 유수의 교회와 대학, 공연장에 초청되어 연주회를 가진 그녀는 1998년 캐나다 캘거리 국제 오르간 콩쿠르를 시작으로 덴마크 오덴세 콩쿠르, 독일 에어푸르트 콩쿠르, 일본 무사시노 콩쿠르, 러시아 타리베르디예프 콩쿠르, 영국 세인트 올번스 콩쿠르, 프랑스 샤르트르 콩쿠르, 독일 바흐 콩쿠르 등에서 세계적인 명연주자들과 나란히 심사위원으로 활동했다.

한국 최초의 파이프오르간 전공자로 아버지이자 스승이기도 한 곽상수 연세대 명예 교수는 2013년 11월 17일, 90세로 별세했다. 아버지가 26년 동안 연세대학교회 음악지도자로 봉사한 뒤를 이어 1987년부터 30년 오르가니스트로 봉사를 해낸 곽동순 박사는 2015년 연세대학을 정년퇴임한 후 음대 명예 교수로 있다. 재임 중 2006년, 2009년, 2012년 세 번이나 연세대 우수교수상을 수상하기도 했다.

평생에 걸친 오르간 연주 활동과 교육자로서의 업적을 인정받은 곽동순 교수는 세계 인명사전인 『마르퀴즈 후즈 후(*Who's Who in the World*)』에 2010년부터 등재되어 있다. 2017년 부친을 기리며 그녀와 가족들은 연세대학교교회 루스채플에 '곽상수 추모오르간(가르니에 프랑스 바로크 파이프오르간)'을 기증하였으며, 유튜브 채널 〈Musician K〉에 그녀와 부친의 연주 영상을 올리고 있다.

어머니는 항상 우리 편

영문학자 나영균 · 화가 나희균의 어머니 배숙경

어미가 무슨 잘한 일이라도 있으려니 하지만

아무것도 별달리 해준 것이 없다는 그녀.

회초리는커녕 평상시의 나직한 말씨에서

조금 높은 소리로 말하는 법도 없이

어떤 실수에도 절대로 나무라지 않았던 어머니.

'편애 없고, 강요 없고, 항상 우리 편'이었다고 두 딸은 입을 모은다.

불운의 화가 고모 나혜석과의 추억

영문학자인 이화여대 교수 나영균(羅英均)과 서양화가 나희균(羅喜均)의 어머니 배숙경(裵淑卿)은 올해 77세다. 날렵한 크리스털 화병처럼 세련된 멋쟁이다. 은은하게 후각을 적셔오는 이름 모를 향수와 절묘한 장신구들을 그녀는 팔순을 바라보는 자신의 연령에 너무도 맵시 있게 조화시키고 있었다.

배 여사와 큰딸 나영균 내외가 함께 사는 그 유서 깊은 저택을 찾았다. 일제시대 때 이름난 건축학자가 지었다는 이 집을 남편 나경석(羅景錫, 1890~1959)이 사들인 것이 1942년이라고 했다.

춘원 이광수가 인왕산을 산책하고 나서 꼭 들러 남편과 차를 들며 한담을 나누곤 했다는 그 응접실에서 배숙경과 작은 딸 나희균을 함께 만났다. 청와대 짙푸른 녹음이 마주 보이는 신교동의 공기 맑은 언덕, 그곳에 자리 잡은 고풍스러운 2층 저택에서 그녀는 서른다섯 해나 살아왔다.

왕가에서 흘러왔음 직한 고서화와 골동품들을 그녀의 안목으로 격조 있게 배열한 실내가 예사롭지 않다. 아니나 다를까, 아담하게 자리 잡은 자개장을 가리키면서 대원군과 조대비가 썼던 것이라는 설명을 덧붙인다.

나희균 화백에게 궁금한 질문부터 했다.

"서양화가 나희균 하면 먼저 혜석(蕙錫)을 생각하게 됩니다. 고모님을 마지막 뵈었던 것이 언제였습니까?"

"우연히 같은 길을 걷게 되었지만 사실은 고모님께서 한창 활동하실 무렵엔 전 아직 태어나기도 전일 때라 뚜렷한 기억이 없어요. 소학교 4학년 때 부모님과 만주에서 돌아와 보니 고모님은 50대였어요. 이미 폐인이나 다름없었죠. 부모님도 깊은 얘기는 안 해주셨기 때문에, 천재 화가 고모님이 그렇게 기구한 일생을 보내신 것도 훨씬 후일에 책에서 보고 알았어요. 그 무렵 더러 집에 드나드셨는데, 아버님과 고모는 만나기만 하면 다투셨던 기억이 나요. 2~3년 후 아주 집을 나가셔서 타계하시기까지 저는 더 이상 뵙지 못했어요."

전혀 예상치 않은 대답이다. 나희균은 나혜석의 친조카다. 더구나 같은 미술 분야에서 이미 독보적인 위치를 지키고 있는 그녀다. 유명했던 고모의 영향으로 그림에 몰두했으려니 하는 짐작은 그 대답 하나로 곧 무너졌다.

혜석은 그녀의 명성만큼이나 불행했던 여성이다. 천재의 일생을 불운으로 끝맺은 그녀의 이름 석 자가 언급되는 일이 이 집에서는 일종의 금기였던 모양이다.

나희균은 캔버스의 좁은 구획을 거부하고 무한한 공간의 조형을 택한 대담무쌍한 예술가이다. 그녀의 실험적 창작물을 대할 때 상상했던 것과 달리 그녀의 실제 모습은 온건하기만 했다. 크게 웃지도 말하지도 않으면서 누구의 이야기든 조용히 경청하는 모습이 인상적이다.

그녀의 전시장을 서성거려본 이들은 다들 혈기왕성한 젊은 화가를 상상했을 거다. 그녀는 이제 쉰을 바라보는 미술계의 거장이다.

1950년대에 파리에서 가졌던 첫 개인전에 이어 작년까지 국내에서만도 다섯 차례의 개인전을 가졌다. 서울대 미대 졸업 직후 프랑스로 건너가기 전까지 반년 남짓 교편을 잡아본 외엔 지금껏 화가 이외의 직업을 가져보지 않았다.

멋쟁이 어머니와는 대조적이랄까, 순수하다 못해 웃고 떠들어야 편한 세상살이를 아예 초탈해 버린 듯한 단단한 개성이 느껴진다. 단정히 뒤로 묶어 넘긴 탐스러운 머리 다발과 수수한 옷차림. 46세의 그녀는 자신의 외모나 연륜을 별로 의식하지도 않는 것 같았다.

나혜석의 올케가 된 사연

어머니 배숙경은 원래 개성 태생이다. 유학자였던 아버지 아래서 일찍부터 한문 공부를 시작했었다. 75년 전이니까 웬만한 가정에선 여자를 교육시킨다는 일이 비웃음의 대상이 되던 시절이었다. 조부 때부터 중국 북경을 왕래하면서 상업에 종사해 온 그의 친정은 상당히 넉넉하면서 철저하게 개명한 집안이었다.

더구나 삼 남매의 막내였던 그녀는 아버지가 46세 때 태어난 귀염둥이였다. 아버지가 무릎 위에 앉혀놓고 4세에 천자문을 떼게 했을 만큼 극진한 사랑을 받았다. 조랑조랑 말을 배울 나이에 가르치는 대로 천자문을 거뜬히 해내는 영특함에 아버지는 무척 기뻐했다.

"아버님은 그 무렵 뭐든지 다 가르쳐주셨어요. 지금 생각하면 초등학교 아이들의 도덕 시간 같은 거죠. '적선지가 필유여경(積善之家 必有餘慶, 선을 쌓으면 반드시 집안에 좋은 일이 있다)'이란 말씀은 귀에 못이 박히도록 들었어요. 사회생활을 하려면 입 지키기를 병마개같이 하라는 말씀도 늘 하셨어요. 남몰래 숨어서 남이 필요로 하는 일을 하여 음덕을 쌓으라는 것이 우리 집안의 가훈이었어요."

아버지는 한문 교육 틈틈이 고사(故事)의 실례를 들어가면서 덕행을 가르쳤다. 그녀는 개성 호수돈여학교를 졸업한 뒤 잠시 개성 정화여학교에서 교편을 잡았다.

그 후 '여자도 든든한 경제권이 있어야 한다'는 생각이 들어 부모를 졸라 일본으로 건너갔다. 그녀는 동경서 일본 상업전문학교생이 되었다.

당시 유학 시절에 최초의 한국 여류 서양화가 나혜석과의 친분이 인연이 되어 그녀는 나혜석의 오빠인 나경석과 맺어졌다. 남편은 그녀보다 열두 살 맏이였다. 수원서 나혜석이 태어난 '나 부잣집' 하면 백 리 밖이 다 알았다는 소문난 토호 집안의 차남이자, 동경 공과대학에서 응용화학을 전공하는 유학생이었던 나경석은 부모의 정혼으로 조강지처가 있는 몸이었다.

당시만 해도 부모의 조혼열(早婚熱)이 사라지지 않았을 때여서, 유학생들은 고향에 댕기 머리 마주 푼 아내들을 두고 있었다.

고향에 아내를 남겨놓고 너도나도 신여성과 자유연애를 하던 풍조가 성행했다. 혜석은 큰오빠가 조강지처와 이혼하고 신여성과 맺어지자, 둘째 오빠 경석의 이상적인 배필로 대뜸 그녀를 천거했다.

예쁘고 총명했던 배숙경이 둘째 오빠의 배필이 된다면 장래 얼마나 훌륭한 내조를 하겠느냐는 배려였다. 말할 것도 없이 배숙경의 친정에서는 극심한 반대가 일어났다. 애지중지 키워 일본 유학까지 시킨 막내딸을 기혼자에게 출가시킬 수 없다는 완곡한 만류와 질책이 쏟아졌지만, 그녀는 이미 나혜석의 강권에 마음이 쏠려 있었다.

"지금 생각하면 너무도 철없었어요. 나 때문에 눈물짓는 여인이 있다는 생각을 못 했어요. 배우지 못하고 신문화를 모르는 여성이 어떻게 유식한 남편을 받들겠느냐, 제대로 못 받든다면 당연히 아내 될 권리를 포기해야 할 거라는 지극히 일방적인 생각만 했던 거예요. 너무나 순진했달까…… 일을 저지른 다음에야 어떻게 내가 그렇게 무모할 수 있었나, 자책이 들어 괴로웠어요."

결국 조강지처의 호적을 먼저 정리하겠다는 나 씨 집안의 다짐을 받고 아버지는 배숙경을 나경석의 배필로 허락해 주었다. 그녀 부부는 유학 기간을 마치자 만주 봉천으로 옮겨 새 살림을 시작했다.

독립운동가 남편

당초에 나경석은 일본 유학생 간에 민족의식이 강한 인물로 일경의 감시를 받는 몸이었다. 공과대학 4학년 때 니가타현[新潟縣]에서 조선인 학살 사건이 있자, 이에 대한 현지조사 보고에 참가하여 그 후 줄곧 일본인의 주시를 받게 된 것이다.

3·1운동 때에도 상하이, 만주 등지에 독립선언문을 직접 전

파하는 등 활약하다가 노령(露領, 러시아의 시베리아 일대)에 망명을 가기도 하였다. 후일 일본 고등계 형사를 매수하여 관계 서류를 소각시키고, 귀국하여 가산을 정리하고, 동양척식주식회사(東洋拓殖株式會社)의 융자를 얻어 만주로 나가 조선 빈농가의 이민을 주선했다. 줄곧 함께 일하던 신익희(申翼熙), 장덕수(張德秀) 선생과는 이 무렵부터 전혀 다른 길을 걸어온 것으로 보인다.

조선인 이민들을 상대로 꾀했던 농사 경영이 이중소작으로 실패하자 이를 포기한 나경석은 봉천서 개인 사업에 착수하여 정착했다. 영균, 희균, 상균, 정균, 1남 3녀를 모두 그곳에서 낳았다.

만주 등지의 한인들 간에는 빈부 차가 현저하여 고향을 떠나온 배고픈 실향민들이 죽음에 맞닿은 고투를 벌이고 있을 때였다. 일인들의 곡물 수탈에 견디다 못해 실향민이 된 동포들은 농사 경영마저 실패하여 돌아갈 땅조차 없었다.

나경석 가족은 비교적 안정된 만주 생활을 할 수 있었다. 그는 일인촌에 자리를 잡고 네 자녀를 모두 일인 학교에 진학시켰다.

원래는 1남 4녀였다. 희균이 젖먹이였던 무렵에 8세 된 첫딸

어머니 배 여사(뒷줄 중앙)와
영균(오른쪽 아래), 희균(중앙)

을 잃었다. 만주서 유행한 천연두는 조선서 앓는 천연두의 몇 갑절이나 무서웠다. 맏딸과 나란히 젖먹이 희균도 천연두에 걸렸다.

유난히 총명했던 맏딸이 숨을 거두던 날, 배숙경은 만주의 과대학 병실에 희균과 유모만을 남겨둔 채 집으로 달려와 맏딸의 임종을 지켜야 했다. 희균은 상처 자국만 건드리지 않는다면 말끔히 나을 수 있을 만큼 병세가 호전된 뒤여서 유모가 병상을 돌보게 했었다.

"유모도 집에 희균이만 한 아기가 있었어요. 몇 날 밤을 돌아가지 못하고 병원서 보내던 차에 마음이 초조한 유모가 아이에게 젖을 물리면서 빨리 나으라고 부스럼 딱지를 떼어냈더군요. 나중에 희균이 얼굴에 난 마마 자국을 보고 얼마나 가슴이 철렁했는지요. 아픈 애를 두고 자리를 비운 어미의 죄죠. 평생 어미가 못 할 짓을 한 것 같아 마음이 아팠어요."

어린 시절 딸의 고운 얼굴에 남은 흔적을 볼 때마다 엄마의 마음은 죄스러웠지만, 희균은 사춘기 소녀 시절에도 밝게만 자랐다. 어른이 된 후 몰라보게 흔적이 옅어져 천만다행이었다.

"잘못됐으면 내 마음이 오죽 아팠겠어요? 단 한 번도 큰소리를 낸 적이 없는 순한 아이였어요. 말이 없고 심덕이 깊어 어미도 함부로 대하지 못하는 딸이죠."

학자 딸을 위한 어머니의 선택

같이 사는 나영균 부부와 손자들이 쾌적하게 자신의 일에 몰두할 수 있도록 그녀는 늘 세심한 배려를 아끼지 않는다고 했다. 무척 유별나 보이는 노인이다.

삶의 황혼을 걷는 고령이건만, 그녀는 아직도 수하들의 사랑을 받는 것보다 사랑을 주는 일에 끈질기게 집착하고 산다. 눈을 감는 그날까지 쉼 없이 자녀를 위해 일하지 않을 수 없노라는 생활 철학은 그를 단순한 구시대의 여성으로만 보아 넘길 수 없게 만든다.

만주에서 유년 시절을 보낸 나영균은 경기여고를 졸업한 후 이화여대의 전신인 경성여자전문학교를 다니고 서울대학교 사범대학에서 수학하다가 이화여대가 4년제 대학이 되자 이화여대로 가서 대학원까지 마쳤다. 모교와 숙명여대 등에서 강사 생활을 하던 그녀는 25세의 젊은 나이에 모교 교수로 부임한 후 번역가로도 명성을 날리며 1975년에 문학 박사가 된 영문학자이다.

그녀의 결혼 내력도 특이하다. 남편 전민제(全民濟)의 어머니가 어느 날 도저히 그냥 넘길 수 없는 희한한 꿈을 꿨다. 고목에 매화꽃이 활짝 피는 꿈이었단다. 시어머니는 뭐 하나 나무랄 데 없이 빼어난 아들의 배필이 드디어 오는구나 싶어 덮어 놓고 이화여대로 찾아갔다.

1천 명 가까운 학생 속에서 시어머니는 단번에 나영균 학생을 점찍었다. 파마에 화장에 온갖 멋을 부린 학생들 틈에서 화장은커녕 머리치장도 하지 않은 단발머리 나영균은 금방 눈에 띄었다. 감색 스커트에 단정한 흰 상의를 입고 책 다발을 옆구리에 낀 학생의 자태가 천생 매화 같았다.

시어머니는 수소문 끝에 아들을 데리고 이튿날 신교동 집을 찾아왔고, 법관을 바라는 어머니의 소원을 어기고 과학의 길을 택한 청년 전민제는 그녀의 배필이 되었다. 그는 경성제대를 나와 해방 후 서울대에서 석사를 마친 다음 도쿄대에서 화공학으로 박사 과정을 해낸 공학자다.

"큰애가 결혼할 때 이미 나는 이 결심을 했죠. 남의 맏며느리 노릇을 하면서 어떻게 제가 하고 싶은 학문 연구를 제대로 할 수 있겠어요? 우리네 대가족 생활에서 학자 며느리 역할이 어디 그렇게 쉽습니까? 아예 그때부터 나는 그 애를 대신해서 딸아이가 학문에 몰두할 수 있는 분위기를 살려주자는 결심을 세우고 실천했어요."

그 후 30년 동안 어머니는 딸의 주부 자리를 대신한다. 학자 딸을 위해서 살림을 도맡는다는 스스로의 약속을 지켜왔다. 덕분에 처가살이를 시작한 맏사위는 오십 줄에 들도록 장모 슬하를 못 면하고 있지만, 사위는 늘 손끝만 한 불편도 없다고 말한단다.

그 자신도 노모와 형제를 거느린 대가족의 맏아들이건만, 학자 아내를 택한 생활 방편으로 아무 거리낌 없이 그는 '장모 슬하'를 받아들였다. 세속적인 처가살이라기보다 마치 노련한 사감을 모신 두 기숙사생 같은 이 부부의 사는 모습은 곧잘 주변 사람들의 부러움마저 산다. 잘 가꿔진 화초처럼 얄밉게도 이들 부부에게선 도무지 생활의 땟국이 스쳐간 흔적이 없어 보였다.

동생 나희균 쪽에서 보면 이건 확실히 언니에게 어머니를 빼앗긴 기분일 게다. 언니는 여러 직함을 가진 대학교수이고 형부는 관록 있는 기업인이다. 팔순을 바라보는 노모가 열흘에 한두 번은 으레 있기 마련인 파티니 회식 뒤처리까지 하다 보면 다른 자녀들을 거들기는 어렵기 때문이다. 그런데도 이 말에 희균은 펄쩍 뛴다.

"천만에요. 저는 아무 공직도 없고 조용히 살아가니까 어머니를 도와드리면 도와드렸지 어머니께서 제게 해주실 일이 뭐 있겠어요? 오히려 언니와 함께 계시니까 제가 잘 보살펴드리지 못해도 마음이 푹 놓여요"

그녀 역시 하루에 서너 시간은 아틀리에에 틀어박혀 작품과 씨름을 해야 하는 창작인이면서 아직 어린 자녀와 홀시어머니를 받들어야 하는 외며느리이다.

다행히 시어머니의 따스한 이해가 있어 항시 생활 일정을 창작 위주로 짜나가고 있기는 하지만, 언니 영균 이상으로 희균도 누군가의 보조를 목마르게 필요로 하고 있는 것은 사실이다. 다만 그녀는 그것을 요란스레 표현하지 않을 뿐이다.

"어머닌 정말 개성 여자예요"

경기여고 시절에 친구들이 붙인 나희균의 별명은 '똘똘이'였다. 조그맣고 해맑은 얼굴에 말수 적고 우수한 학생이었다.

여고 동창들은 지금도 그녀가 인기투표 1위를 차지한 급우의 귀염둥이였다고 입을 모아 말한다. 누구에게나 밉지 않은 여자였다.

희균은 고등학교 2학년 때 우연히 집 뒷산에 올라 미술 시간에 숙제로 내준 풍경화 한 점을 그렸다. 별 특징도 없이 완성된 그림을 들여다본 미술 선생님은 무척 감탄했다. 늘 눈여겨보아왔지만, 어느 화백의 수채화 못지않게 바탕이 다져진 그림이었기 때문이다.

미술교사였던 최덕휴 선생의 격려에 힘입어 서울대 미대에 진학했다. 1950년 당시만 해도 미대는 인기 없는 전공이었던지 시험을 치러 가보니 정원의 태반이 미달이었다. 친구들은 무엇 때문에 미대에 가느냐고 충고도 하곤 했지만, 그녀는 마음껏 그림만을 그리고 싶었다.

고모 혜석 씨가 못다 한 꿈이 그에게 옮겨진 것일까? 여하튼 희균은 그 후 파리 유학까지 가며 곧장 미술학도로서의 기반을 닦아왔다.

희균의 남편 안상철(安相喆)은 서울미대 동창생으로, 성신여대 교수로 재직하면서 동양화를 전공하고 있다.

"막상 학교 다닐 때는 별말 없이 그림 이야기나 주고받을 정도였어요. 파리에서 공부를 마치고 돌아와보니까, 그이는 국전(國展) 동양화 부문에서 부통령상을 수상하고 창작에 전념하여 그림이 깊이 있게 성숙돼 있었어요. 이듬해 또 대통령상을 수상했는데, 자주 만나 그림 이야기를 나누다가 결혼하게 되었어요. 그걸 연애결혼이라 해야 될지……"

늘 말없이 자기를 수양해 온 둘째 딸의 심성을 누구보다 잘 아는 어머니라 희균이 골라온 신랑감을 처음부터 믿고 좋아했다.

현재 미국서 살고 있는 막내딸 정균(貞均)은 도서관학 전공으로 미국 유학 중 교제한 도서관 운영자 로버트 에드워드 씨와 국제결혼을 했다.

배숙경은 작년에 이 딸의 초청으로 미국 전역 여행을 즐겼고, 10여 년 전엔 가톨릭 성지 순례단을 따라 유럽 전역을 순방할 기회도 가졌었다.

남편이 살아 있을 때에는 육아와 살림 외에도 꾸준히 종교 활동과 대한부녀회 활동을 벌여 박순천(朴順天) 여사 아래서 총무직을 맡을 만큼 오른팔 역할을 했었다.

10여 년 전부터 시작한 서예는 어릴 적부터 닦은 필력에 힘입어 아마추어의 경지를 넘고 있다.

"어머닌 정말 개성 여자예요. 살림 규모가 있고 사리가 명확하시죠. 돌아가신 아버님도 명석하셨던 분이지만 치밀하진 못하셨어요. 여러 가지 일에 손을 대셨지만 뭐든지 끝까지 꾸려나가시진 못하셨죠. 우리 집안이 이만큼 살면서 옛것을 간직할 수 있었던 것도 어머님의 개성 기질 덕분일 거예요."

희균이 회고하는 어린 시절의 어머니는 늘 무릎에 편물이나 수틀을 펴놓고 있는 모습이었다. 양복까지도 모두 한 땀한 땀 공들여 바느질해서 만들어 입혔다. 레이스나 뜨개질한 옷들은 여느 일류 수예점 제품을 훨씬 능가하는 아름다운 것들이었다.

"우리들은 늘 어머니의 작품들을 자랑스럽게 입고 다녔어요. 어머니의 창작품에 우리는 모델이었죠. 미에 대한 감각이 참 뛰어나시구나, 주변에서 감탄할 때가 많았어요."

전형적인 상류 사회인

어머니는 이날까지 한 번도 자식들을 꾸짖어본 적이 없었노라고 자부한다. 희균도 이 말엔 대뜸 동감이다. 회초리는커녕 평상시의 나직한 말씨에서 조금 높은 소리로 말하는 법도 없단다. 어떤 실수에도 절대로 아이들을 나무라지 않는다는 것. 스스로 세운 원칙이었다.

"어른이 아이들을 깍듯이 대하면 아이들도 달라지는 것 같아요. 아이들을 되도록 정중하게 대해주고 싶었어요. 희망한다고 다 되는 건 아니지만, 애들이 워낙 조용하고 수줍어해서 도무지 큰소리 날 일이 없었어요."

우선 양보하는 것이 이 집안의 미덕인 양 모녀는 서로 겸손해했다. '편애 없고, 강요 없고, 항상 우리 편'이라는 게 두 자매의 어머니에 대한 자랑 겸 칭찬이었다. 어머니의 '개성 기질'을 본받을 만한 것 중 하나라고 한껏 추켜세운다.

"어머니는 다른 것은 늘 풍성하게 갖춰 주셨지만 용돈만은 빠듯하게 주셨어요. 다른 아이들은 용돈을 넉넉히 지니고 다니면서 군것질도 하고 영화 구경도 불쑥불쑥 잘 다녔는데, 우린 그럴 수가 없었어요. 그래선지 아예 저희 형제는 돈 쓰는 데 서툰 것 같아요."

한번은 영균이 수학여행을 떠나는데 어머니가 용돈으로 2원을 주었다. 보통 때에 비하면 상당한 거금이었던지 영균은 이

돈을 여행 내내 쥐고 다니다가 여행지에서 천하대장군 마스코트 한 벌과 캐러멜 한 갑을 80전에 사고 1원 20전을 도로 가져와 어머니에게 내놓았다.

지금도 큰딸 나영균은 월급봉투를 뚜껑도 떼지 않은 채 어머니 앞에 내민다. 어머니의 살림 규모에 모든 것을 내맡기고 연구실과 서재를 왕복하며 현세의 신데렐라로 사는 나영균이다.

이들 자매의 어머니가 보낸 팔십 평생은 남달리 행복한 나날이었다. 그녀는 단 한 번도 끼니 걱정을 해본다든가 자식에게 입힐 것, 가르칠 것을 못 해 걱정해 본 적이 없는 여인이다.

출생 때부터 오늘까지 철두철미한 상류 사회인이었다. 이것은 사회적으로 그만큼 우리 사회가 온갖 부침 속에서도 일부 부동층(不動層)을 계속 안고 있었다는 이야기도 된다. 모든 사람이 어려웠을 때에도 그들은 행복했다. 지금도 행복하다. 앞으로도 행복할 것이다.

"특별히 아이들에게 해준 것이 뭐 있습니까? 있는 것 가지고 먹이고 입히고 가르쳐 저희들이 각기 나아갈 길을 꾸준히 걸었으니, 덩달아 어미가 무슨 잘한 일이라도 있으려니 하시지만 아무것도 별달리 해준 것이 없습니다."

스스로의 위치를 너무도 잘 아는 듯한 그녀의 겸손에 수궁을 보내면서도 대단한 어머니라는 생각은 지워지지 않았다. 부유층이라고 다 성공한 자식들을 두는 건 아니기 때문이다.

『댈러웨이 부인』『더블린 사람들』 등의 번역가로도 잘 알려진 나영균 교수는 이 인터뷰 이후에도 꾸준히 학문적 업적을 쌓아 셰익스피어학회 이사장, 한국현대소설학회 회장, 한국영어영문학회 회장을 역임하면서 이화여대 교수로 봉직하다가 1994년 은퇴했다. 은퇴 후에도 이화여대 명예 교수로 있으면서 2006년까지 여러 대학 객원 교수로 강단에 섰다.

동생 나희균 화가는 프랑스 유학에서 귀국한 1958년 이후 줄곧 그림의 길로 정진하여 15회의 개인전을 갖는 등 한국 화단의 다양성과 가능성을 보여준 1세대 작가로 자리를 지켰다.

1993년에 작고한 남편 안상철 동양화가와의 부부전 〈오브제의 재발견〉을 2017년 안상철 미술관에서 개최했다. 또한 회고전 〈고요의 빛〉을 열어 70여 년 외길을 걸어온 독특한 화력을 담은 130여 점의 작품을 보여주었고, 2023년 9월에는 대한민국예술원상을 받았다.

어머니 배 여사는 맏딸 나영균 교수의 정년퇴임 이듬해인 1995년, 94세로 세상을 떠났다. 아끼던 신교동 저택을 53년 동안 지켜온 그녀는 딸이 선택한 학문의 길을 지켜주겠다는 일념으로 스스로 약속한 소임을 확실히 다하고 떠난 셈이다.

3부

끝끝내 너를 지킨다

슬픔을 삼키고 운명을 지키다

언론인 조경희의 어머니 윤의화

개학하면 서울 가는 딸과 물때를 맞춰 배를 타러 나갔다.

초승달이 떠 있는 새벽녘에 일어나서 밥을 짓고

전날 밤늦게까지 꿰매놓은 솜저고리와 치마를 딸에게 입혀주었다.

실상 당신 자신은 공부가 뭔지, 학교가 뭔지도 모르면서도

딸만은 남달리 훌륭하게 되라고 반평생을 빌었던 어머니.

외롭지만 혼자도 괜찮아

사직공원 대문 앞에서 마주 보이는 조그만 한옥을 들어서니 언론인 겸 수필가 조경희(趙敬姬)의 어머니가 대뜸 버선발로 나와 반겨준다. 30여 평 남짓한 ㅁ자 형의 한옥 앞마당엔 열무 몇 포기와 아욱 여남은 포기가 들쑥날쑥 자라고 있었다.

첫눈에도 알뜰한 노인이 있는 집은 역시 다르구나 싶다. 수십 평의 공터를 관상수나 화초를 심어 채우는 대저택들에 비하면 알뜰한 살림 냄새가 더 정겨운 이 집 안뜰 풍경이다.

84세의 윤의화(尹義和)는 여기서 홀로 살고 있다. 연령에 비해 믿어지지 않을 만큼 정정한 모습이다. 올려 잡아도 칠순 이상으론 보이지 않았다. 슬하의 오 남매가 모두 품을 떠나고 독립운동가이자 성공회 신부였던 남편 조광원 노아(趙光元, 1897~1972)마저 7년 전 사별한 채 그녀 홀로 남았다.

왜 그렇게 외롭게 사느냐는 물음 앞에 그녀는 두말할 것 없이 "편해서"라고 답한다. 이 눈치 저 눈치 보면서 사느니 차라리 홀가분하게 이웃을 벗하며 사노라는 담담한 대꾸였다.

순전한 자의로 분가한 것만은 아닌데, 굳이 아들 내외와 더불어 살겠다는 고집도 없어 보였다.

"딸애들이 유난스러워 이렇게 혼자 지내도 그리 적적한 줄 몰라요. 그 바쁜 중에도 매일 새벽마다 두 아이가 나를 미사에 데려가기 위해 온답니다. 하루도 거르는 일이 없는걸요."

84세의 노인이 혼자 사는 것도 유별나지만, 아침마다 모시러 오는 딸들의 정성도 유별나게 극진하다. 조석 거드는 사람이 따로 있기는 하다. 그러나 극진한 딸들의 정성만으로는 어쩔 수 없는 적적함이 집 안 구석구석에서, 무엇보다 그녀에게서 풍겨나는 것만 같다.

많은 사람들이 조경희를 가리켜 '남성적인 여류'라고 한다. 확실히 그녀는 여성 명사들 가운데 기인에 속하는 존재이다.

날카롭고 단단한 카리스마를 보여준
언론인 조경희

호인풍의 얼굴, 웃을 때마다 파묻힐 듯이 가늘어지는 날카로운 눈매와 유창한 언변, 바위처럼 단단한 체격의 이 슈퍼우먼 앞에 서면 웬만한 남성일지라도 한풀 꺾이기가 십상이다.

조경희는 올해 60세다. 1939년《조선일보》학예부를 시작으로 거의 40년을 편집실 데스크를 드나들며 살아왔다. 속사포를 방불하는 그녀의 말투와 간섭하지 않고는 못 배기는 직선적인 언행들이 그것을 증명하고도 남는다.

그녀의 이력서는 퍽 찬란하다. 일간지 문화부장, 여성지 주간, 신문 논설위원, 여기자클럽 회장 등에다 한국수필가협회

회장, 한국예술인총연합 부회장을 지냈다. 지금 그녀는《소년
한국일보》의 부국장이면서 여류문학가협회 회장직을 맡고 있
다. 그녀는 "너무나 바쁘다"고 행복한 비명을 외칠 만큼 주어
진 시간을 쪼개가며 살고 있다.

보통학교 4학년짜리 신랑

　노년에 접어든 그녀였지만, 수필가 조경희는 노모 앞에서
아직 작은 어린애 같았다. 자기 어머니를 지금도 '엄마'라고 부
르는 그녀다. 공직에 매인 바쁜 몸인데도 매일 점심때마다 어
머니와의 식사 시간을 걸러본 적이 없다니 놀랍다.
　강화도는 본디 이들 모녀의 잔뼈가 굵은 땅이다. 일찍이 우리
나라 개화사의 1장을 기록할 만한 서구화의 요새지이다. 그런
데도 이 지방은 엊그제 전기가 들어올 만큼 개화가 느렸다는
사실을 사람들은 잘 모른다. 아무튼 조 씨가 태어날 무렵의
강화도엔 전기는 고사하고 아파도 응급약을 구할 곳조차 없
었다.
　어머니는 이런 환경에서 스무 살 때 어렵게 낳은 첫아들을

약 한 첩 먹여보지 못하고 잃었다. 조경희가 태어난 것은 그로부터 4년 뒤의 일이었다.

본디 어머니 윤 씨의 친정은 강화읍이다. 오 남매의 둘째로 그리 넉넉하지 않은 살림이었으나, 규모 있는 친정어머니 밑에서 열여섯 살까지 부노를 익혔다. 살림 기술이라곤 안 배운 것이 없었다. 쓰개치마로 얼굴을 가리고 훤한 대낮엔 바깥출입은 엄두조차 못 내던 것이 그 무렵의 풍속이었다.

동네 우물물을 길어도 남이 안 보는 새벽녘이나 밤길을 택해 길었다. 이웃집 마실도 처녀들은 아예 못 갔다. 사립 밖에라도 나갈라치면 쓰개치마로 단단히 무장을 하고 문구멍으로 인적이 없는 것을 확인하고서야 나갔다.

하루는 이웃 마을에 볼일을 보러 나갔던 백부가 신랑감을 정하여 돌아왔다. 그녀가 열여섯 되는 해였다. 친정은 본래 소농으로 배 몇 척을 따로 운영하며 살고 있었는데, 아버지가 일찍 세상을 떠나는 바람에 가세가 급히 기울던 참이었다.

"그때 큰아버지께서 근처 시골의 먼 친척집에 묵으셨는데, 마침 거기 들르러 온 학생 하나가 어찌나 출중하게 생겼던지 부모를 찾아가 대번에 청혼을 하셨다는 거예요."

그때만 해도 강화읍엔 학생이 드물었다. 당시 남편 조광원은 길상공립보통학교 4학년생이었다. 초등학교 4학년짜리가 청혼을 받다니 꿈같은 이야기다. 강화읍에서 10여 리 떨어진 해랑당(海浪堂) 마을서 읍내 보통학교에 다니던 조광원은 그렇게 해서 윤 여사의 배필이 되었다.

9년 만의 분가

그해 추수가 끝나갈 무렵 결혼식을 올린 신부는 시집살이를 시작했다. 두 살 아래였던 14세의 신랑은 밤낮 학교 다니고 숙제하기에 바빠서 신부를 좀처럼 거들떠보지 않았다.

철도 덜 들었지만 부모의 따가운 감시 속에서 신혼 기분을 즐기기에는 모든 것이 두렵기만 하였다. 그 후 아홉 해가 지나 서울로 부군을 따라 살림을 나기까지 그녀는 부군과 변변히 말 한마디 나눠보지 못했단다.

"엄마는 워낙 살림꾼이었기 때문에 할머니가 참 좋아했어요. 고부간이라기보다 모녀간이라는 게 알맞을 만큼 모든 게 격의가 없었고 다정했어요. 그래도 옛날 시어머니라 우리 할머닌 엄마에게 살림 내주시기가 싫어 별궁리를 다 하셨던 것 같아요. 결국 내주셨지만."

딸이 들려주는 고부 이야기가 정곡을 찔렀는지 어머니가 얼른 고개를 끄덕인다.

남편은 보통학교를 나온 후 바로 인천상업학교에 진학했다. 그녀는 본래 크리스천은 아니었다. 결혼 후 남편을 따라 크리스천이 되었다. 남편은 외아들이었다. 혼례식을 올린 그날부터 집안 어른들은 태기를 기다렸다. 외며느리 몸에서 그토록 고대하던 탐스러운 맏손자가 태어났을 때 시아버지의 기쁨은 말할 것도 없이 컸다.

그러나 마음만 기뻤지 출산 시 받은 후유증으로 맏이는 생후 얼마 만에 숨을 거두고 말았다. 그때의 충격이 컸던 탓인지 그 아래 딸이 태어날 때에는 시아버지가 멀리 읍내까지 나가서 몸소 상비약을 구해다 놓았었다.

"사실 엄마 아빠에 대한 기억보다도 할머니 할아버지에 대한 추억이 내겐 더 진해요. 아들인 줄 알고 그토록 바라다가 손녀가 나와서 실망이 컸건만, 다 접어 넣고 사랑해 주셨죠."

이 회고담처럼 조경희는 조부모 사랑을 흠뻑 받고 자랐다. 조경희 아래로 여동생 둘, 남동생 둘이 태어나 오 남매 모두가 다 장성했다.

인천상업학교를 졸업한 남편은 그해 봄 서울 충무로에 있던 일본 금융기관인 야스다은행[安田銀行]에 취직하여 부모에게 분가를 청했다. 그러나 무슨 일이 있어도 며느리에게 살림을 내줄 수 없다는 것이 시부모의 뜻이었다.

편지로 조르다 못한 남편은 어느 날 돌연히 돛배 한 척을 세내어 아내를 데리러 오고 말았다. 조부모는 하는 수 없이 아들의 간곡한 청을 받아들였다.

"그때 서방이 어찌나 고맙던지…… 말리는 시어머니가 무척 야속하더니만, 막상 아들을 못 이겨 장작이며 숯까지 챙겨서 살림을 내주시는 시어머니를 뵙기가 미안해서 어쩔 바를 몰랐다우……."

신앙의 길에 빼앗긴 남편과의 생이별

어렵게 살림을 났던 서울 통의동에서의 아기자기한 시절은 겨우 3년으로 끝이 났다. 종교단체의 교섭을 받고 남편 조광원의 도미가 결정된 때문이었다. 울며불며 말리는 아내를 다시 강화도 부모 앞으로 돌려보낸 채 남편은 하와이로 훌쩍 떠나버리고 말았다. 침식을 잊고 슬퍼 못 견디는 며느리를 놓고 시어머니는 조용히 타이르는 것이었다.

"얘야, 아무나 미국 가는 것 아니다. 네 남편이 그만큼 잘났는데 네가 왜 눈물을 보이느냐. 남자 하는 일에 눈물을 보여서는 안 되느니라."

마음은 다 같이 쓰라리련만 시어머니의 이 같은 충고에 그녀는 이를 깨물고 사무친 고독을 달래려 애썼다.

그렇게 떠나버린 남편 조광원은 그 후 35년간 신의 품에 귀의한 채 그녀 앞에 돌아오지 않았다. 그야말로 생이별이었다. 그는 도미하여 하와이에 정착하면서 본격적인 구도자의 길을 걸었다. 하와이교구 부제가 되고, 2년 후에는 신부로서 사제에 올랐다.

개인의 삶을 포기한 그는 종교인으로서의 완벽을 기하기 위해 자신의 인생을 신의 제단에 바쳤다. 종교인으로서의 공직 생활을 정년퇴임하고 그가 귀국했을 때는 이미 60객으로 고국에 뼈를 묻으러 돌아온 것이었다. 귀국 후 1972년 타계하기까지 그는 끊임없는 포교 활동과 기독교통합운동을 펴나갔다. 그는 신에게 많은 것을 지불한 대신, 부모와 아내에게는 영원히 갚지 못할 큰 빚을 남긴 채 눈을 감았다.

조경희는 어려서부터 고독한 어머니가 가엾었다. 말없이 슬픔을 참고 운명을 다스려나가는 어머니의 저 마음 밑바닥을 이 딸만은 잘 알고 있었다.

"나는 한때 아버지를 향해 격렬한 반항심이 들었어요. 아버지를 이해하게 된 것과 내 인생이 성숙하게 된 것과는 관련이 많습니다. 나 자신이 인생에서 쓰라린 맛을 체험하고 신의 의미를 되새기면서 결국은 아버지도 인간이 신에게 진 빚을 갚다가 돌아가셨다는 생각을 하게 됐어요."

어려서부터 조경희는 고집쟁이였다. 전염 눈병이 번져 몹시 아플 때도 일부러 할아버지가 읍내까지 걸어가 사온 안약을 죽어라고 안 넣겠다고 떼를 쓰는 것이었다.

한번은 할머니가 여자는 아무 데서나 소변을 봐서는 안 된다고 타이른 적이 있었다. 어린 경희는 멀리 떨어진 학교를 파하고 돌아오는 길에 어찌나 소변을 참고 뛰어왔던지 사립문 밖에서부터 엉엉 울고 있었다. 참고 참았던 소변을 겹겹이 껴입은 솜바지에 그대로 싼 것은 말할 것도 없고, 그냥 발을 뻗고 앉아 대성통곡을 해버렸다. 어쩌면 미련하리만큼 심지가 질겼던 조경희의 성품을 잘 나타내주는 일화이기도 하다.

여걸 이미지를 풍기는 오늘의 조경희를 만든 저력도 바로

156

이런 성품에서 온 것이 아닐까 싶다. 부모님이 섬에서 분가해 나올 때 큰딸 경희를 할머니 손에 맡겨두었다. 어린 경희는 때때로 어머니가 보고 싶으면 마루에 발을 뻗고 앉아 두어 시간씩 울곤 했다.

어둠침침한 호롱불이 가려준 얼굴

문학소녀 조경희는 그녀의 간절한 문학 취향을 뒤로 밀어놓고 지난 30여 년을 언론에 매진하는 생활을 해왔다. 마음은 있어도 그녀가 문학만을 위해서 바친 시간은 얼마 되지 않았다. 육십 고개를 넘어선 그의 행보는 이제 터놓고 순수 문학인에의 꿈으로 달려가고 있다.

그녀가 왜 문학소녀가 되었느냐는 것은 그녀의 어린 시절을 생각하면 간단하다. 공주처럼 떠받들어주는 조부모 밑에서 아름다운 섬의 대자연 속을 활보하던 어린 날의 추억들이 그의 토막글들 속엔 무척 자상하게 더듬어져 있다. 멀리 떠나간 아버지를 향한 연연한 마음이 진하다 못해 미움으로 들뜨던 시절도 있었다.

12세 이후 그는 섬을 떠나 살았다. 동덕여중생이 되면서 그는 여름·겨울 방학 철에만 고향을 찾는 철새가 되어버렸다. 서울 유학 중에 필요했던 아버지의 역할은 모두 할아버지가 도맡아 해주었다.

  "개학하면 할아버지하고 물때를 맞춰 배를 타러 나갔어요. 초승달이 떠 있는 시각에 엄마는 일어나서 밥을 짓고 전날 밤 늦게까지 꿰매놓은 솜저고리와 치마를 내주셨어요. 실상 당신 자신은 공부가 뭔지, 학교가 뭔지도 모르면서도 딸만은 남달리 훌륭하게 되겠지 하는 막연한 기대였죠. 엄마는 그 마음으로 반평생을 바치셨어요."

  아기 다독거리듯이 곁에 앉은 노모의 어깨를 감싸 안으며 조경희는 물기 어린 눈을 들어 웃었다.

  "그렇게도 잘 돼달라고 엄마는 기대하셨는데…… 전에 엄마가 강화에 계실 때 말예요, 서울서 시달리다 만사가 귀찮아져서 문득 고향의 엄마 생각을 하고 달려간 때가 있었어요. 저녁 무렵에 어둑어둑할 때 문을 밀치고 들어가 호롱불 밑에서 엄마 얼굴을 마주 대했죠. 엄마는 내가 서울서 얼마나 행복하고 훌륭할까 하는 기대와 선망에 부풀어서 내 얼굴을 뜯어보시는 거예요. 그럴 때 어둠침침한 호롱불이 내 진짜 얼굴을 가려주던 것이 얼마나 다행했던지⋯⋯."

인생의 고비에 숨은 온갖 복병까지도 무찔러가면서 굵직하게 살아온 조경희는 잠시 아픈 지난날을 더듬는 듯 먼 데로 시선을 준다.

"엄만 내 불행 모르셔야 해요"

그다지 유복한 형편은 못 되었으나 어른들의 여러 겹 보호막 속에서 비교적 정돈된 학창 시절을 보냈던 그녀였다. 학생 때 조경희는 학교 성적도 좋았던 편이다. 끝없는 호기심과 탐구욕 속에 독서에 골몰하던 그는 이화여전 문과에 진학했다.

방학이 다가오면 으레 이전(梨專) 캠퍼스 잔디밭엔 두루마기 차림의 할아버지 모습이 나타나곤 했다. 손녀딸을 호위해 가기 위해서 할아버지는 멀리 강화도에서부터 올라오는 것이었다.

미국에 계신 아버지의 요청대로 다섯 남매를 모두 최고 학부까지 가르치는 데 어머니는 전심전력을 바쳤다. 장녀 조경희를 선두로 차녀 매리(梅理), 삼녀 병희(炳嬉) 모두가 나란히 이화여전을 나왔고 장남 병춘(炳瑃)은 일본 메이지대, 차남 병주(柄珠)는 미국 미시간대학을 나왔다.

35년이 넘는 미국 생활 중에 아버지는 꼭 세 번 귀국했었다. 잠깐 다니러 온 아버지와 길을 걷노라면 훤칠한 외모의 젊은 아버지와 딸을 가리켜 일본 형사들이 곧잘 "부부냐?" 하고 물었다.

대언론인이 된 여걸 조경희를 놓고 사람들이 생각하는 것과는 달리 어머니는 그녀의 여성성을 사뭇 두둔한다.

"보기엔 저렇게 덜렁이 같아도요, 천생 여자예요. 여학교 때 코바늘로 비단양말을 짜 신은 걸 보셨으면 아마 깜짝 놀라실 거예요. 수는 또 얼마나 잘 놓게요. 참을성이 질겨서 어렸을 때 바느질하는 내 옆에 앉아서 버선볼을 받으면 어찌 그렇게 단단하고 촘촘히 받던지 바늘만 잡으면 어느 얌전한 색시도 저리 가라랍니다."

농촌에선 가을철에 여럿이 둘러앉아 콩을 깐다. 그러면 으레 제일 오래까지 쭈그리고 앉아 끝장을 내는 것은 어린 조경희였다.

"꼭 독수리같이 웅크리고 앉아 한 개도 안 남기고 다 까야 일어나요. 할머님이 노상 말씀하셨어요. 암만해도 저건 저 끈기로 뭘 하고 말겠다고요."

"그 할머님 말씀이 맞은 셈이지요?"

냉큼 던진 질문에 천연덕스러운 대답이 나온다.

"난 모르겠어요. 내가 못 한 공부를 저 하고 싶은 대로 그만큼 했으니 그저 복이나 많이 받고 살아야죠."

그녀의 팔십 평생은 남을 위해 산 인생이었다. 자기를 위해 살았던 시간은 오직 철없던 유년기뿐이다. 철들면서 여자는 이래야 한다, 저래야 한다는 간섭과 시집살이에 필요한 일들에 시달려야 했고 시집와선 시집 식구들을 위해서 등이 휘도록 벙어리처럼 일만 했다. 이제 그녀는 공부한 딸의 화려한 생애를 조용히 축복하고 싶을 뿐이다.

어머니의 말처럼 그녀를 가까이에서 느껴보면 구수한 인품의 매력 속에 무척이나 자상한 면모마저 엿보인다. 남성우위론이 지배하던 시대에 이 땅에 태어난 모든 지식여성이 그랬던 것처럼, 그도 가정과 직업의 갈등 속에서 남모르는 고뇌를 짓씹어야 했을 것이다.

어머니는 거듭 말했다.

"나는 내 하고 싶은 것 하나도 못 하고 한평생을 그늘에서 지냈지요. 내 딸만은 어려운 공부 많이 했으니 저 하고 싶은 것 하면서 어미 노릇, 아내 노릇 잘해야죠."

딸의 불행은 절대로 있을 수 없다고 노모는 선을 긋는다.

"어머니 세대가 우리에게 해주셨던 역할을 이제 나 자신이 딸에게 베풀어야 할 차례예요. 우리 어머니 세대는 자기 몫을 남기지 않고 모든 것을 자식에게 주는 희생적인 모정의 세대였죠. 그러나 지금 세대의 딸들은 그러기를 바라지 않을 거예요. 인생의 친구가 되어주는 엄마가 필요하지 않을까 싶어요. 슬플 때 달려가 함께 울면서 실마리를 찾을 수 있는 대화자가 될 수 있는 엄마 말예요. 때때로 나는 엄마에게 매달려 울고 싶어지곤 했어요. 그러나 당신의 슬픔만으로도 힘겨운 엄마에게 그럴 순 없더군요. 우리 엄만 내 불행을 모르셔야 해요……."

가히 슈퍼우먼이라 할 조경희의 이 말에는 35년간이나 생이별 속에 살아야 했던 어머니 윤의화의 쓰라린 심지가 닮은꼴처럼 새겨져 있다. 사직동 어머니 거처를 함께 나서면서 조경희가 들려준 말을 되씹으며 인간은 누구나 외로운 존재라는 생각이 들었다.

162

조경희 여사는 1939년 이화여전 졸업 후,《조선일보》와《서울신문》등 언론 일선에서 활동하면서 1959년에는 한국여기자클럽 회장에 올랐다.

1970년대 이후의 문학 활동도 눈부셨는데, 1971년 한국수필가협회 이사장, 1973년 한국예술인총연합 부회장을 거쳐 1978년에는 한국여류문학인회 회장, 1984년 한국예술인총연합 회장을 지냈다.

1988년에 제2정무장관에 취임했고, 1989년에는 한국여성개발원 이사장, 1989년 예술의전당 이사장을 역임하여 문화 예술 전반에 걸친 다방면의 활동을 하면서도 수필집『우화』『얼굴』『웃음이 어울리는 시대』등 10여 권의 수필집을 남겼다. 1997년 대한민국 예술원 회원이 된 후 2005년 8월 5일 작고하였다. 같은 해 9월 대한민국 예술원상이 추서되었다. 유족으로는 아들 홍춘희와 미국에 거주하는 딸 홍성미가 있다. 조 여사가 태어난 강화도에는 생전에 기증한 8천여 점의 소장품이 전시된 조경희수필문학관이 있다.

어머니 윤의화 여사는 이 인터뷰가 있고 나서 8년 후인 1985년 4월 19일 별세하여 부군이 잠든 대전 현충원 애국지사 묘역에 묻혔다. 조경희 여사는 시가인 충남 천안 선영의 남편 홍택식 옆에 잠들어 있다.

사랑으로 해낸 빈틈없는 채근

바이올리니스트 김남윤의 어머니 정경선

집안 행사에도 레슨 시간만은 못 뺀다며

매몰차게 딸을 집에 두고 나가던 어머니,

그 닦달이 서러워 진짜 엄마가 저럴까 의심도 했다는 딸.

그 딸의 천재성을 평생 단 한 순간도 의심하지 않고

세계적 명연주가로 길러낸 그녀.

어머니의 간절한 꿈을 이어준 딸

틀 잡힌 상류 가정이란 게 바로 이런 것이구나 싶으리만치 아늑하게 정돈된 거실로 들어섰다. 연습실 쪽에서 울려 나오는 바이올린의 가냘픈 선율이 갑자기 뚝 그치더니 카랑카랑한 남윤 씨의 음성이 들렸다. 열띤 레슨 중이다.

"한국에 돌아오기가 무섭게 늘 저렇게 바쁘답니다."

어머니 정경선(鄭慶宣)은 대견한 듯이 활짝 웃어 보였다. 음산한 바깥 날씨와는 아랑곳없이 따스한 실내에서 진남빛 엷은 생고사 치마에 흰 저고리를 받쳐 입은 옷맵시가 곱다. 희고

갸름한 미인형에 손가락 끝으로 꼭 찍어 누른 듯한 양쪽 볼우물이 온화한 인상을 준다. 조용한 말씨하며 온상에서 자란 값진 화초처럼 분위기마저 정갈하다.

"모처럼 따님을 만나셨는데 한 지붕 아래서도 모녀분이 마주 앉아 보시기가 어려우신가 봐요."

"맞아요. 저 애는 어릴 적부터 저렇답니다. 학교 다녀오면 숙제하기 바쁘게 레슨을 받아야 했죠. 이제는 남 가르치기가 더 바쁘군요."

"제자가 많으시죠. 얼마나 됩니까?"

"한 40여 명 돼요. 그동안 미국에 있었으니까 돌아오면 한두 시간씩만이라도 지도를 받겠다고 모두들 벼르고 있던 차라 누군 봐주고 누굴 빼놓을 수가 있어야죠. 학교서 퇴근하는 대로 저렇게 밀려들어 조금씩이라도 보살펴주다 보면 밥 먹을 틈도 없답니다."

후진 양성에의 남다른 집념 덕분일까. 해마다 개최되는 국내 음악 경연에선 곧잘 그의 문하생들이 바이올린 부문의 특상을 도맡는다. 금년에도 이화여대와 동아일보사가 주최한 두 콩쿠르에서 그녀의 문하생들이 거뜬히 대상을 차지했다.

김남윤 자신부터가 유난히도 상복 많은 음악인이었다. 그는 지금 경희대학교 음대 조교수로 재직 중이다. 1년에 반 이상을 해외에서 보내야 하는 그녀로서는 대학 강단 생활이 짐스러운 것이지만, 연주자로서 세계의 정상에 오른 그에게 제자를 기르는 즐거움도 빼놓을 수 없는 보람이다.

학창 시절에 받은 국내 음악 경연 대상들은 헤아릴 수 없이 많았지만 그녀가 본격적으로 국내 음악인으로서 주목을 끈 것은 해외 무대에서의 활약이었다. 특히 1969년의 워싱턴 내셔널 음악 경연이나 1970년 베토벤 음악제, 1971년 줄리아드 음대가 주최한 차이콥스키 콩쿠르는 단번에 그녀의 명성을 정상에 오르게 했다.

"정경화 씨나 김영욱 씨에 비하면 도미 시기가 무척 늦은 셈이었죠. 이화여중 시절부터 아는 분들이 도미시키라고 성화를 하셨지만 어디 학교에서 놔주어야죠. 고등학교 때도 서울예고에서 간곡히 만류해서 이래저래 늦어졌어요. 여기서 예고까지 졸업하고서야 떠났죠. 늦게 건너가서 고생 많이 했어요."

8세 때부터 바이올린을 시작했다는 김남윤은 18세 때 미국으로 건너가 줄리아드 음악대학에 곧바로 진학했다. 대학원 석사 과정까지 끝낸 것이 1975년. 길고 어려운 배움의 길이었다.

남달리 유복한 환경이었지만 피나는 연습, 또 연습의 연속이었다. 그럴 때마다 어머니의 빈틈없는 독려가 따랐다. 어머니에게는 처녀 시절 못다 한 음악에의 간절한 꿈이 있었다. 어머니는 두 딸의 음악 조기 교육을 남 먼저 서둘렀다.

광주서 태어나 줄곧 광주에서 성장한 정경선은 평범한 중류 가정의 다섯 딸 중 막내였다. 7세 되던 해 어머니를 여의고 모범적인 언니들 틈에서 철이 든 그녀는 광주 수피아여고에 다니면서 피아노에 열중했다.

"피아니스트가 꿈이었나요?"

"안 그래요. 그때 제 형편이 그렇게 호사스럽게 뭐가 되겠다고 벼를 수 있었나요? 그저 좋아서 해본 거죠. 그나마 일찍 시집가느라고 인연이 멀어지고 말았어요."

마침 넷째 형부의 중매로 혼인이 이루어져 스물둘 되던 해 봄, 그녀는 김 씨네 막내며느리가 되었다. 당시 신랑 김희룡(金熙龍)은 일본 메이지대학 법학부를 졸업하고 광주서 은행원으로 근무 중이었다. 귀여움받는 막내며느리 노릇이었지만 시부모 밑에서 3년 시집살이를 치러야 했다.

올해 61세인 그녀는 언뜻 보면 40대 정도로밖엔 안 보인다. 세월의 구듭을 피해 살아온 사람처럼 앳되고 깔끔하다.

"비교적 평탄했던 것 같아요. 크게 잘은 못살아도 끼니 걱정, 학비 걱정 해본 적은 없었어요. 네 아이들이 늘 제 할 몫을 딱 떨어지게 해내줘서 어느 모로나 마음고생 한번 해보지 않았죠. 지금 생각하면 대견하고 고마워요."

소녀 적부터 그녀는 아기자기하고 따스한 가정을 꾸며 화목하게 살아보는 것이 꿈이었다. 그녀는 지금 그 꿈을 정확하게 이룬 셈이다. 네 자녀 모두가 출중하게 성장했다.

장남 재식(宰植, 41세)은 아버지의 뒤를 이어 현재 국민은행 지점장으로 바쁘게 지내고 있고, 장녀 현정(賢貞, 39세)은 서울대 음대를 나와 콜롬비아대학에서 음악 석사 학위를 받은 재원으로 미국서 결혼하여 고교 음악교사로 재직 중이다. 차남 상남(常男, 35세)도 서울대를 졸업하고 도미하여 은행가로 활약하고 있다. 네 자녀 중 두 아들은 아버지를 따라 은행가가 되었고 두 딸은 어머니의 희망대로 예술의 길을 걸었다.

어머니는 두 딸에게 어릴 때부터 가혹하리만큼 꾸준한 맹연습을 시켰다. 다행히도 두 어린 딸은 하나를 가르치면 열을 알았다. 누구든 한번 가르쳐보면 입을 모아 칭찬했다.

티보바가 바이올린 콩쿠르 1위의 쾌거

셋째 상남을 낳고 6년 만에 없을 것 같던 태기가 있자 그녀는 행여나 하는 마음에 무척이나 반가움이 앞섰다. 두 아들은 무슨 일에든 짝이 되어 심심치 않게 지내는데 외딸 현정은 늘 외톨이였다. '딸 하나만 더 낳았으면……' 하던 어머니의 바람을 맞히기나 하듯이 정말 예쁜 막내딸이 태어났다.

"어릴 때 참 예뻤어요. 바이올린을 들고 무대에 서면 누구나 깜짝 놀랄 만큼 고왔죠. 정말 깜찍한 생김새라 어려서부터 아버지의 귀여움을 독차지했답니다."

음악뿐 아니라 남윤은 다재다능한 사람이었다. 어려서부터 그녀는 남달리 야망이 컸다.

"웅변가도 되고 싶고, 화가도 되고 싶고, 학자도 되고 싶었어요. 그런가 하면 시집가서 아주 스위트 홈을 꾸미고 매일 맛있는 음식을 요리하면서 달콤하게 살고 싶기도 했었어요. 성악 공부, 피아노 공부, 그림 공부, 바이올린 공부…… 뭐든지 다 열심히 했어요. 그때는 그렇게도 여러 가지가 다 되고 싶었는데 지금은 왜 이렇게 바이올린만 좋죠? 이젠 어느새 제 전공에 백 퍼센트 만족하고 있거든요."

무척 자신에 넘친 남윤의 말이다. 그에게 있어 바이올린은 이제 숙명이다.

"줄리아드에 가기 전만 해도 늘 바이올린이 약간은 짐스러웠어요. 엄마한테 어떨 땐 마구 졸랐어요. 바이올린 대신 다른 공부 할게, 나 그러면 세계에서 1등 할 자신 있어 엄마…… 이러면서요. 그런데 막상 건너가 세계에서 밀려든 내로라하는 젊은 음악가들 틈에 끼어보니 피가 뜨거워지더군요. 그 후 5~6년이 나로서는 고비였어요. 줄리아드의 어떤 누구보다도 열심히 바이올린을 켰으니까요."

1974년 대학원 재학 중에 스위스의 시온에서 열린 티보바가 국제 음악 경연은 그에게 평생 동안 잊지 못할 감격을 안겨 주었다.

세계의 젊은 음악가가 모여 경합하는 이 티보바가 콩쿠르는 당시 8년 동안이나 1등상을 수여하지 못하고 있었다. 티보바가의 영예에 부합하는 명연주자를 찾지 못했기 때문이었다. 그해 본선에 진출한 네 명의 음악가 중에 남윤은 유일한 여성 연주자였다. 본선에서 그는 세 남성 라이벌을 누르고 2등 없는 1위 입상자로서 당당히 대상을 손에 넣었다.

"지금까지 헤아릴 수 없이 많은 상을 탔지만 그때처럼 기뻤

바이올리니스트 김남윤의 독주 모습

던 적은 없었을 거예요. 마지막 수상자로 지목되었다고 발표됐을 때 제일 먼저 엄마 생각이 나데요. 내가 연습하기 싫어서 이 핑계 저 핑계 댈 때마다 조금도 사정을 안 봐주시고 연습을 강행시키시던 엄마 얼굴이 말예요. 모든 것이 엄마 덕분이구나 하구요. 나는 그럴 때마다 내 환경에 감사드려요."

그때까지 남윤은 흡족한 바이올린을 못 지니고 있었다. 국제 경연에 나가려면 우선 명기(名器)가 필요하다. 얼마나 완벽한 악기를 지녔느냐에 따라 주자의 오묘한 재능도 유감없이 발휘되는 것이다.

남윤의 소원은 늘 세계적인 바이올린 명기를 가져보는 것이었다. 울기도 많이 울었단다. 예술도 이쯤 되면 부의 경쟁과 무관하지 않다. 세계의 명연주자들 가운데는 몇억 대의 악기를 가지고 연주 여행을 떠나는 음악인들이 수두룩하단다.

특히 국제 음악 경연의 입상자들이 되고 보면 대개는 국제적으로 정평 있는 악기를 가지고 나온다. 그렇지 못하면 그들이 지닌 재능의 몇 갑절이나 되는 연마와 노력을 들이고도 결과에선 패배다.

자그마치 6만 5천 달러(1974년 당시 한화로 약 3천만 원)를 호가하는 독일제 '과다니니'. 3년 전 독일 세계 음악 경연에 참가한 상금으로 함부르크의 한 악기상에 예약해 둔 것을, 아버지가 그녀에게 안겨준 것이다.

"평생소원이던 악기를 손에 넣으니까 너무 좋아서 시집갈 생각을 않는 통에 혼이 났어요. 억지로 등을 떠다밀다시피 하여 시집을 보냈답니다."

지난 8월, 하계 음악학교 지도차 귀국했던 남윤은 현재 뉴욕주립대학 경제학 교수인 윤관구와 결혼했다. 남편의 직장은 뉴욕에 있고, 아내 직장은 서울에 있으니까 1년의 반도 함께 지낼 수 없는 형편이다. 본인에게 맡겼다가는 또다시 몇 년이 늦어질지 몰라 어머니 편에서 결혼을 강행시켰노라는 어머니의 고백이다.

그녀는 딸에게 어릴 때부터 가혹하리만큼 꾸준한 맹연습을 시켰다. 훌륭한 연주자가 되는 길은 얼마나 많은 연습 시간을 가졌느냐에 달려 있다고 어머니는 굳게 믿었다. 레슨 시간 지키는 데는 1분도 용서가 없었다. 남윤은 어머니의 닦달이 서러워서 혹시 진짜 엄마가 아니지 않을까 의심도 했었단다. 딸은 가차 없이 채근하던 어머니 덕분에 이제 세계의 명연주가들과 어깨를 나란히 하는 유망주가 된 것이다.

20년간 지킨 원칙

42평짜리 이 맨션아파트엔 지금 남윤과 어머니뿐이다. 아버지는 광주은행장으로 근무 중이기 때문에 어머니는 남윤이 귀국해 있는 동안만은 이 아파트로 와서 딸의 뒷바라지를 해준다. 부모와 네 자녀가 국내외로 뿔뿔이 흩어져 살고 있는데, 각자의 몫이 큰 까닭인지 여섯 식구가 다 함께 만나기는 좀처럼 쉽지 않다. 그래선지 10여 권의 사진첩을 구석구석 살펴봐도 여섯 식구가 함께 모인 가족사진이 눈에 뜨이질 않는다.

"따님 칭찬을 많이 하셨는데 남윤 씨 흉도 좀 봐주세요."

"그야 흉이 많죠. 너무 어리광이 많아요. 지금도 집에 오면 어미 무릎을 베고 눕는걸요. 아버지한테 어리광은 또 어떻구요."

"옆에서 뵙기에도 무척 발랄해 보여요. 새침한 것보다 좋지 않아요?"

"어려서도 바이올린 공부 시간 빼놓고는 엄하게 다뤄본 적이 없었어요. 그래 그런지 늘 명랑하고 어른 앞에도 구김살이 없어요. 시집보내기 전엔 몰랐는데, 이제 어른이 되고 보니 웃어른 앞에 어려운 줄 알아야 할 텐데 저래서 어쩌나 걱정이 돼요."

어머니는 그녀를 자유방임주의로 길렀다지만 딸은 바이올린 레슨 시간 지키느라고 그 흔한 고무줄뛰기 한번 못 해보고 자랐다고 불평이다. 바이올린에 한해서만은 얼마나 철저했는지 짐작이 갔다.

남윤이 초등학교 2년 되던 해 당시 대전시 은행 지점장이었던 아버지가 서울 출장 다녀오는 길에 자그마한 바이올린 하나를 선물로 사왔다. 그 얼마 전, 내전에 온 이화여대 실내악합주단의 연주회를 다녀온 어린 남윤이 바이올린을 몹시 부러워했기 때문이었다. 그전까지 어머니는 남윤에게 피아노를 가르쳤었다.

바이올린 선물을 받은 남윤은 그날부터 열심히 악기를 매만지며 켜보곤 하였다. 어머니는 딸이 유달리 바이올린에 흥미를 느끼는 것을 보고 남윤을 바이올리니스트로 길러보고자 마음을 돌렸다. 다행히도 남윤은 개인지도를 받으면서 급속하게 발전을 보였다. 눈이 오나 비가 오나 어머니는 빠지지 않고 개인지도를 보냈다. 막내둥이라서 마음 놓고 뒷바라지를 해줄 수 있었던 환경이기도 했다.

덕수국민학교 5학년이 되던 해 이화여고 음악 경연에서 처음으로 특상을 차지했다. 바이올린을 시작한 지 만 4년 만의 일이었다. 그해 두 달 후 국립교향악단 정기 연주회에서 첫 연주가 있었다. 단 한 소절의 오류도 없이 절묘한 암기 연주를 해내는 이 꼬마 연주자에게 국향의 모든 단원들은 칭찬을 아끼지 않았다. 어머니는 여기서 더욱 힘을 얻었다. 더 큰 가능성을 믿어도 좋을 것 같았다.

그로부터 20년이 지났다. 철부지 소녀였던 남윤이 이제 세계의 명연주가들 틈에 나란히 서서 영예를 한 몸에 누리는 젊은 음악인이 되었다는 것이 어머니는 꿈만 같다. 갓 도미했을 무렵만 해도 엄마가 보고 싶다고 날마다 전화통에 매달려 울던 어린 딸이었다.

"내가 미국에 건너가서 한동안 남윤이 옆에 있기도 했지요. 아파트에서 저녁을 해놓고 연습에서 돌아오는 그 애를 기다리노라면 내 이 정성이 언젠가는 헛되지 않겠지 하는 자신이 생기곤 했어요."

자기가 돌아올 무렵엔 꼭 불을 켜놓고 창가에 서 있으라던 응석받이 딸이었다. 그때의 그 응석만은 지금도 마찬가지다. 나갔다 돌아온다는 딸 전화가 오면 어머니는 이 집 창가에 서서 꼭 딸을 기다려준다.

정적인 어머니와 동적인 딸

외국서 연주 여행을 다니노라면 어머니가 담그는 김장 김치 생각이 제일 간절하단다. 어려서 식구들 모두가 휴일에 외출이라도 할라치면 어머니는 꼭 남윤만은 집에 두고 나갔다. 세상이 두 쪽이 나도 레슨 시간만은 빼놓을 수 없다는 어머니였다.

하루도 안 빼고 개인 교수 하러 오시는 선생님이 미워 어린 남윤은 '어쩌면 감기도 한 번 안 걸린담' 하고 곧잘 어머니 대신 그 선생님을 원망했다. 지도교사는 열성으로 임하는데 남윤 쪽에서 몰래 뺑소니를 칠 때가 많았다. 그럴 때면 어머니의 호된 꾸지람이 따랐다. 그때의 그 말썽꾸러기 소녀 모습이 눈에 선한지 어머니는 쓴웃음을 지었다.

"하고 싶은 것이 너무 많은 아이라서 음악 공부에 전념하게 하는 데만도 애를 썼어요. 고교 시절부터 요리하는 걸 좋아해서 TV에 나오는 요리는 한 번씩 다 해봐요. 학과 공부는 남에게 떨어지면 죽어도 못 견디는 성격이니 외곬으로 음악만 하는 아이들과는 다르지요. 남모르게 제가 조바심을 많이 했어요."

요리 취미는 지금도 여전해서 각국의 맛있는 요리를 먹고 나면 반드시 조리법이나 재료 등을 기록했다가 만들어 먹을 정도다. 여류 바이올리니스트 하면 창백하고 날카로운 약체를 연상하기 쉽지만, 이마에 구슬땀을 흘리며 연주실을 나오는 남윤의 모습은 달랐다.

화상기라곤 없는 갸름한 얼굴에 오동통한 몸매를 한 중키의 건강체. 무엇을 묻든지 별로 생각지도 않고 카랑카랑한 말씨로 척척 대답해 준다. 시원시원한 성격에 모난 데 없이 다듬어진 원만한 생활인의 모습이다.

"요즘 젊은 주부들의 자녀들에 대한 바이올린 열(熱), 어떻게 생각하세요?"

"잘못된 거죠. 바이올린 하면 머리 좋다고 잡지에 났다면서요? 열 명 중에 서넛은 꼭 전혀 필요 없는 아이들인데도 어머니들의 강요에 못 이겨 따라오지요. 그건 순전히 낭비일 뿐 아니라 손해죠. 어릴 땐 아무리 음악의 천재라 하더라도 연습이 달갑지 않아요. 연주 연습은 반복 또 반복이기 때문에 굉장한 인내가 필요하거든요."

조기 재능 교육의 강행에 대해서 그녀는 단연 반대한다. 아마도 지난날 어머니 손에 잡혀 연습 다니던 자신의 모습이 무언중 작용하는 것인지도 모르겠다. 어머니 몰래 영어 웅변대회에 나갔다가 떨어졌었다는 고등학교 시절의 이야기가 얼핏 떠올라 픽 웃음이 났다.

"나는 늘 과제를 앞에 가지고 있으려고 해요. 쉬는 것은 조바심이 나서 아직은 싫어요. 연주를 앞에 놓고 맹렬하게 연습 중일 때, 그때가 나는 제일 행복해요."

그토록 정적인 어머니에게서 어쩌면 저토록 열정적인 여성이 태어났을까? 그들과 작별 인사를 나누면서 혼자 중얼거려 본 말이다.

인터뷰 당시 61세였던 정경선 여사는 2010년, 93세로 세상을 떠났다. 1977년 김남윤 씨는 어머니의 간절한 만류로 도미를 단념하고 대학에서 음악 교육의 길을 택했다. 그녀는 줄리아드 음대에서 사사했던 저명한 바이올린 교육자 이반 갈라미언 교수처럼 평생 후학 가르치기와 자기 단련을 멈추지 않았다.

경희대를 거쳐 서울대 음대 교수로 재직하던 그녀는 1993년부터 한국예술종합학교에서 2015년 정년퇴임하기까지 재직했다. 2014년부터 한국예술영재교육원 원장을 지내기도 한 그녀는 37년간의 바이올린 가르치기와 병행하여 해외 음악 활동도 활발했는데, 2001년, 2005년 퀸 엘리자베스 국제 콩쿠르 심사위원, 2007년 차이콥스키 국제 콩쿠르 심사위원을 역임했고, 1995년에는 옥관문화훈장을 받았다.

한국예술종합학교 음악원 퇴임 후 줄곧 후학을 지도하며 명예 교수로 활동했던 김 교수는 2023년 3월 12일 세상을 떠났다.

바르게만 자라다오

수영선수 조오련의 어머니 김용자

어린 아들에게 이밥 한 번 못 먹여준 슬픈 삶이었다.

그러나 아무리 하찮은 것일지라도 결코 남의 것을 탐해서는 안 된다는 것,

비록 가난을 견디며 살더라도 바르게 살며,

마음이 허락지 않는 일은 행해서는 안 된다는 것을

눈물로 가르쳤던 어머니였다.

'쩡쩡 울리던' 삶을 뒤로하고

땀내, 비린내 섞인 왁자지껄한 바깥 풍경이 종점을 알렸다. 서울을 떠난 지 꼬박 여덟 시간을 달려온 전라남도 해남읍이다. 여기서부터는 조오련(趙五連) 선수 하면 모르는 이가 없다.

낯선 시골 정류장 좌우에 즐비한 점포 중 한 곳으로 호기 있게 들어섰다. 조오련 이름 석 자를 대기가 무섭게 마치 집안 손님이라도 만난 듯 가게 안의 사람들이 우르르 몰려든다. 그들이 가르쳐주는 대로 다시 화양리행 완행버스에 올랐다. 출퇴근 시간의 서울 만원버스 못지않은 콩나물시루다. 뽀얗게 먼지를 뒤집어쓴 비포장 국도를 완행버스는 덜커덩대며 굴러 갔다. 걸어도 될 만큼 느린 속도로 20분 남짓 가더니 내리란 다. 손님 대여섯 명을 부려놓고 버스는 휑하니 자욱한 먼지 속 으로 사라져 갔다.

탁 트인 들판을 배경으로 십여 그루의 해묵은 정자나무가 늘어선 곳에 서너 채의 협수룩한 농가가 보였다. 오른쪽 맨 첫 집이 조오련의 노부모가 기거하는 곳이었다.

조 선수네 선조의 고향은 본래 전남 장성이다. 어려서 고향 을 떠난 부친은 목포에서 6·25 전까지 염전을 하면서 상당한 가산을 모았다. 지금 살고 있는 이곳 해남은 어머니 김용자의 고향이다.

1910년, 그녀는 이 해남의 소농가에서 구 남매 중 셋째 딸 로 태어났다. 이웃의 중매로 열아홉에 한양 조씨네 맏며느리 가 되었다.

"시집살이 얼마나 하셨어요?"

"30년 했어요."

"힘드셨죠?"

"그걸 말이라고 하요? 그때만 해도 쩡쩡대며 살기는 했지만 도 일이라구 생긴 것은 쓴 일, 단 일 안 해본 것이 없었지라우."

목포서 한때 청부업에도 손을 댔던 남편 조흥관(趙興寬)을 받들며 십 남매를 낳았다. 조오련은 막내다. 흥청대던 집안이 6·25 직전부터 기울기 시작하여 완전히 빈털터리가 되자 남편은 솔가하여 아내의 친정이 있는 해남으로 옮겨왔다. 조오련이 세상에 태어난 것은 바로 이 무렵, 한창 피난살이 중이었다.

조오련은 무척 어려운 환경에서 자랐다. 예전에 '쩡쩡대며' 살았었다는 집안 이야기는 어머니를 통해 가끔 들어왔지만 열여덟에 고향을 등지기 전까지 그는 배불리 이밥을 먹어보지 못했다. 만장 같은 볏논이 어우러진 곡창지대에 살면서도 끼니 걱정에 허덕이던 조오련의 집은 좀처럼 가난을 면할 수가 없었다. 따분한 시골살이였다. 아버지가 친척의 주선으로 부산 어느 운수회사에 근무하면서 벌어오는 수입과 어머니가 짓는 얼마 안 되는 밭농사가 이 대가족의 총 생계비였다.

생긴 대로 낳다 보니 십 남매

그렇듯 어렵게 키워낸 십 남매 중 둘을 잃고 팔 남매가 장성

했지만 정작 김용자 부부 슬하엔 아무도 가까이 있지 않았다. 남은 3남 5녀 중 다섯 딸들은 목포, 해남읍, 서울, 완도, 함평으로 출가해서 살기에 바쁘고, 두 아들은 목포서 빠듯한 직장 생활을 하고 있다. 조오런마저 태릉선수촌서 규율에 매어 살고 있는 형편이니, 팔순을 바라보는 노경이건만 그들은 외로워 보였다.

어머니 김용자는 지난 시절이 애타게 생각나는지 지금보다 형세가 좋았던 옛이야기를 즐겨 했다. 78세인 남편이 스물일곱 살이던 때 시집을 왔으니 시집온 지 51년, 반세기가 지나간 셈이다. 10년 아래인 그녀도 68세다.

"스물이 딱 차면 데려갈 사람 없다구 부모님이 하도 재촉해 싼께 내 나이 그때 열아홉인디 내 심정도 오직 불안했겠소? 정말로 시집 못 가는 걸로 알았제……. 나중에 목포서 중매 들어오니 부모님도 날 살려라고 훗딱 나를 여워버립디다."

지금 같으면 고작 여고 졸업반 정도의 연령인데 혼기가 늦다고 부모들이 애를 태웠던 모양이다. 여자 스물이면 처녀귀신 붙는다고 동네 어른들까지 성화였다. 스무 살을 여드레 앞두고 섣달 스무사흗날 부랴부랴 겨울 혼례를 치르게 했다.

"목포로 시집가서 시어머니한테 귀염 많이 받았재. 시래깃

186

국만 끓여둔 해남 애기가 음식 간 볼 줄 안다고 모두 칭찬을 해쌌더란 말요."

당시 남편은 송정중학을 마치고 목포서 생활 기반을 닦는 중이었다. 조흥관은 학창 시절에 육상·축구 선수를 겸했었다. 조오련은 아비지의 그런 기량을 그대로 물려받았다. 어린 시절의 조오련은 열 남매의 막내둥이라서 비교적 부모의 간섭 없이 성장한 셈이다. 동네의 소문난 개구쟁이로 집 앞에 서 있는 아름드리 느티나무 꼭대기가 국민학교 시절 조오련의 놀이터였다. 다람쥐처럼 나뭇가지 사이를 이리저리 누비며 나무를 오르던 무렵이 바로 엊그제 같다고 어머니는 웃었다.

"어렸을 때는 동네 어른한테 야단도 많이 듣고 그랑께 개구쟁이였지라우. 무척이나 재앙스럽습디다요."

"사투리를 많이 쓰시는데 전라도 밖에서 살아보신 적 있으세요?"

"오련이 덕분에 우리 내외가 서울을 많이 갔었제. 부산서도 잠깐 살았었지만두 내 사투리는 고치지 못해라우. 어려서부터 맘속에 사투리가 고냥 백여버렸다 말이오. 서울 가서 한바탕 사투리 씅께 이웃에서두 못 알아듣습디다."

옛 어른들 이야기 속에 태몽은 빼놓을 수가 없다.

"큰 지네를 봤어라우. 글씨 용마루만 한 지네가 말이오, 물가로 굼실굼실 기어가서 물가에 매어둔 배로 올라갑디다. 그란디 그 지네가 순식간에 배 안에 있는 돛대 꼭대기까지 올라가더란 말이오."

꼭 엊그제 있었던 일인 양 배 속에 조오련을 가졌을 때의 꿈 이야기를 들려주는 어머니는 신바람이 났다.

"열 남매 키우시느라고 부척 힘드셨겠어요."

"생긴 대로 낳다 보니 금세 그렇게 됐어라우. 나는 열 남매라두 딸 다섯, 아들 다섯 아주 공평하단 말이오. 며느리 하나 데려오고 딸 하나 내주고, 또 며느리 하나 내주고, 또 며느리 하나 데려오고 딸 하나 내주고 아주 정직한께요."

5남 5녀를 기른 어머니의 더할 수 없이 멋진 해석이다. 심덕 있어 뵈는 얼굴엔 시종 웃음이 떠나질 않는다. 곁에 앉은 남편도 그녀의 이 말엔 파안대소했다. 마주 보며 껄껄 웃는 두 노인의 모습이 무척이나 정답다. 남편에게 아내 자랑을 부탁하니 웃음을 거두고 정색을 했다.

"정직하구만요. 이날 살아두 남 속이려 드는 건 못 봤어요. 뭐어, 별 재주는 없어도 맘 하나는 심지 굳고 따뜻하지요."

60년 동안이나 신심을 다져온 독실한 기독교인인 줄은 알고 있었지만 아버지의 이 말엔 많은 사연이 들어 있는 것 같다. 조오련의 곧고 활달한 성품도 어머니의 강직한 성품을 물려받은 듯싶다. 체육인들 간에 조 선수는 도량 넓고 우직한 사나이로 정평이 나 있다. 태릉선수촌에서 그를 맡아 지도하고 있는 진장림(陳長林) 코치는 그를 '사나이다운 사나이'라고 추켜세웠다. 스포츠 역량이나 기술도 중요하겠지만 스포츠맨으로서의 자질이 다져진 체육인이 정말 귀하다고 말한다.

'아시아의 물개' 조오련 선수가 이름을 떨친 것은 제6회 아시안게임에서 '수영 일본'의 콧대를 꺾고 금메달 두 개를 따내면서부터였다.

"그저 몸이나 건강하믄 이제 무슨 소원이 있겠소."

어머니는 냇가에서 멱 감던 아이를 떠올리며 자랑스럽기만 하다.

바르게만 자라다오

조오련 선수의 어제를 들춰 보면 웬만한 대가의 입지전 못지않은 극기와 결단이 그의 오늘을 떠받치고 있음을 알게 된다.

끼니 걱정이 떠나지 않는 빈농가의 열째 아들인 조 선수는 늦은 부모 곁에서 따분한 시골 생활을 주어진 대로 감수해야 했다. 해남국민학교를 거쳐 해남중학생이 되고 이어서 해남고교에 진학했다. 도회지 사람들이 실려 왔다 가는 신작로에는 언제 보아도 뽀얀 먼지만 날렸다. 철들면서 조오련은 그 국도를 밟아본 적이 없다. 책 보따리를 옆에 끼고 먼지를 뒤쓴 채 시골길을 걷는 제 모습이 사람들의 눈에 뜨인다는 것조차 그는 싫었다.

"학교 간다고 나선 다음에 내다보면 꼭 산밑 논두렁길로만 가더란 말이오. 왜 그러냐고 물은께 챙피스러서 그런다고 해라우. 뭐 잘났다고 큰길 가겠냐고 합디다요."

철없는 자격지심이었을까. 어린 조오련은 스스로의 따분한 미래가 죽도록 싫었다고 했다. 마음이 울적할 때면 집을 뛰어나가 앞 냇가로 달려가 한바탕 미역을 감았다. 그래도 울적하면 느티나무 꼭대기로 올라가 맨 윗가지에서 푸른 하늘을 가만히 바라보았다.

어린 시절 이후 그는 마을 앞 남각산 정상을 일과처럼 오르내렸다. 새벽 잠자리를 빠져나와 어둑한 산길을 달려 산정에서 일출을 기다리던 그 시절의 뿌듯하던 추억을 조 선수는 아

1970년 아시안게임에서
두 개의 금메달을 따낸 조오련 선수

직도 못 잊는다. 남각산 꼭대기에서 지르는 소년의 "야호" 소리에 마을 사람들은 아침잠을 깼다.

어디서든 "야호" 소리만 나면 사람들은 안 보고도 "오련이놈 또 올라갔구나" 하고 한마디씩 내뱉을 정도였다. 마을에서만난 조 선수의 친구들은 "남 잠잘 때 산에 올라가는 녀석이니 그럴 때부터 알아봤다"고 이구동성이다. 공부에도 철저해서 한번 파고들면 머리를 싸매고 몰입했다. 무엇이든 시들해하다가도 일단 시작하고 나면 무섭게 덤벼들어 '끝내주었다'고.

중학 시절의 일이었다. 어머니가 어느 날 방에 들어와보니조 선수의 책상에 못 보던 예쁜 꽃이 몇 송이 꽂혀 있었다. 어머니는 곰곰이 생각해 보았다. 남이 저렇게 좋은 꽃을 그냥줄 리는 없을 텐데 분명히 어디선가 주인 몰래 꺾어온 게 틀림없다는 생각이 들었다.

그날 밤 어머니는 아들의 손목을 이끌고 마을 앞 느티나무 아래로 갔다. 비뚤어지려는 아들의 마음을 거기서 말끔하게 고쳐주고 싶었다. 아무리 하찮은 것일지라도 결코 남의 것을 탐해서는 안 된다는 것, 비록 가난을 견디며 사는 한이 있어도 바르게 살며 진실로 마음에 없는 일은 행해서는 안 된다는 것을 어머니는 어린 아들에게 밤새도록 타일렀다.

"없어도 좋게 살아야 한다고 타일렀지라우. 지도 고개를 끄덕입디다요. 아침에 일어나보니 꽃이 별안간 간 데가 없어졌지라우."

그렇게 해서 책상에서 사라져버린 꽃은 새벽녘 아무도 일어나지 않은 어둠 속에 주인의 꽃밭에 되돌아갔다.

"읍내 장터에 갔다 오는디 웬 사람 하나가 날더러 묻습디다. 조오련이 어머니냐구요. 그랑께 그렇다고 했더니 그 양반이 '참 우리 읍에 착한 애기 하나 있습디다' 하더란 말이오……."

꽃밭 주인은 어느 날 아침 뜰에 나갔다가 우연히 꺾인 꽃송이와 편지 한 통을 발견했다.

―잘못했습니다. 용서해 주세요. 해남중학교 조오련 올림.

그 일이 눈에 밟히는지 어머니는 그때 전해 들은 편지 구절을 힘주어 몇 번이고 되뇌었다. 지금까지 어떤 어머니에게서도 듣지 못했던 흐뭇한 추억이었다. 바위처럼 우직한 조 선수의 어린 시절 가슴속에 어떻게 그런 섬세한 구석이 있었을까?

현대처럼 사회 구조가 복합화되고 물질 지향의 생활관이 팽배한 사회에서는 부모의 역할도 위축되는 느낌이다. 부모의 교훈보다 학교 스승의 영향이 더 가깝고 스승의 가르침보다 날마다 대하는 TV, 잡지, 라디오의 영향이 더 크다. 그럴수록 한 인간의 어린 시절을 지키는 강인한 모성이 아쉽다. 흰 도화지 같은 자식의 가슴속에 소중한 일생의 지표를 심어주는 어머니가 더욱 소중해진다.

영양가와 위생을 생각하며 백화점 외제 수입 식품 진열장으로 몰려드는 현대의 젊은 어머니들이 놓치고 있는 인성교육의 산 교훈을 학교 문전에도 가보지 않은 시골 여인에게서 발견하고 마음이 뜨거워졌다.

무작정 상경과 수영 입문

1968년 열여덟 살이 되기 전의 조 선수는 차마 자기가 운동선수로서, 더구나 수영선수로서 성공할 것을 상상조차 해보지 않았다. 조 선수는 지금도 그렇게 말한다.

"조오련이 수영 선수로 끝난다고 생각진 마세요. 올해로써 끝입니다. 운동은 제게 생활의 방편인지도 모릅니다. 그러나 몸담고 있는 한 내 몸에 부딪쳐오는 삶의 물살을 최선을 다해 걷어차렵니다."

그는 처음부터 수영선수가 되기 위해 수영을 시작한 것이 아니었다. 그는 자기가 '수영선수 조오련'으로 사람들에게 불리는 것이 못마땅하다. 그의 꿈은 어딘가 멀리 다른 곳에 있는 것 같았다.

"내 꿈, 누구에게도 말해 본 일이 없는 그 꿈을 위해 조오련이 열심히 수영을 하고 있다고 생각해 주소."

다분히 전라도 억양이 배어 있는 그의 서툰 표준말이 힘주어 이렇게 표현하고 있는 것처럼 그에게서 운동은 시한부 목표다. 윗옷을 벗어젖힌 채 금방 물에서 올라와 태릉 실내수영장 벤치에 마주 앉은 그는 마치 먼 창공으로의 비상을 앞둔 야조처럼 억세 보였다.

10년 전인 1968년은 그가 고1이었던 해다. 가을이 다가와 들곡식이 익을 무렵에 그는 남몰래 무작정 상경 계획을 세우고 있었다. 헤어날 수 없는 가난에 쪼들리며 어머니의 힘겨운 밭농사나 거들며 말벗 하나 없이 지탱해 온 시골 생활을 억지로라도 청산할 셈이었다.

그해 10월 초열흘, 그는 하굣길에 담임교사에게 자퇴서를 내고 학교를 나섰다. 그길로 집으로 돌아온 조 선수는 부지런히 가을걷이를 서둘렀다. 앞산에서 땔감을 해다가 부엌에 재어 들이고 밭곡식을 거두어 타작을 했다. 하나둘 겨우살이 준비를 바삐 끝내고 나니 10월이 저물었다.

11월 3일(이날이 마침 광주학생 의거의 날이었다는 점이 더욱 흥미롭다), 마침내 조 선수 생애의 일대거사가 일어났다. 전날 밤 그는 부모님 앞에 가서 자기의 무작정 상경을 찬성해 달라고 졸랐다. 부모는 차마 반대할 수가 없었다. 못 먹이고 못 입혔더라도 시골살이에 만족하며 기쁘게 살면 몰라도 미지의 삶에 그토록 강한 동경을 갖는 아들의 앞날을 노부모는 막을 수가 없었던 것이다.

"부모 걱정 말고 잘되어서 돌아오라고 일렀지. 노자 하나 없이 먼 길을 내보내니 마음은 아팠지만 어쩔 수 없었소."

가까스로 아버지의 허락을 받은 그는 몇 권의 책이 든 가방 하나와 잔돈 한 푼 없는 빈 몸으로 무작정 서울에 왔다. 그가 맨 처음 한 것은 중국집 심부름꾼 노릇이었다. 파도 다듬어주고, 음식도 날라주고, 연탄도 갈아주는 잡역부였다. 월급보다도 숙식을 제공받을 수 있어 우선은 안심이었다.

그렇게 시작한 6개월여의 떠돌이 생활에서 그는 안 해본 짓이 거의 없었다. 구두닦이, 간판집 심부름꾼…… 그는 닥치는 대로 먹고 일하고 잤다. 한 3개월 그렇게 떠돌고 나니 몇 푼의 돈이 모였다. 서울서 그가 그 시절부터 지금까지 꾸준히 해온 것 중 두 가지가 있다. 첫째는 밥은 못 먹어도 일기는 써온 것이고, 둘째는 잠을 덜 자는 한이 있어도 당일 나온 신문을 모두 보아두는 것이었다. 그는 이 두 가지를 그때까지 꼭 지켜왔다.

선수촌에서 그는 무려 하루에 10종의 국내 신문을 통독하고 있다. 시내에서 발간되는 8종 일간지에《전남일보》《전북일보》두 가지를 합쳐 10종의 간행물을 읽는 그는 선수촌에 앉아서도 팔도강산은 물론 세계 구석구석의 뉴스에 훤하다.

떠돌이 소년의 쾌거

그 무렵에 사본 일간지 스포츠 기사를 읽던 조오련은 문득 어느 한 가지 운동을 열심히 해서 학업을 계속해 보자는 결심을 하게 되었다. 이것저것 궁리한 끝에 수영을 택하자고 마음먹었다. 정식으로 수영을 해본 적은 없었지만 앞 냇가에서 미역 감던 관록은 있었기 때문에 다른 운동보다 자신이 섰다. 그는 어렵게 모은 푼돈으로 YMCA 풀장에 나가 겨우내 수영을 혼자 연습했다. 누구 하나 눈여겨봐주지도 않는 맹연습이었다. 어머니는 말한다.

"서울 떠나기 전에는 먹 감기는 알았어두 '수영'이란 말은 할 줄두 몰랐어라우. 그란디 수영선수가 돼서 상도 타오고 신문에두 나고 하니 꿈같지라우."

다른 수영선수들의 연습 광경을 잘 보았다가 혼자 해보는 식으로 만 3개월을 하고 나니 실력이 꽤 늘게 되었다. 1969년 6월, 그러니까 상경한 이듬해 초여름 진국 체전이 서울서 열렸다. 고교를 자퇴한 후라 학적이 없는 그는 일반부 성인 틈에 끼어 400미터, 1500미터 자유형에서 1등을 차지하는 기적을 울렸다. 출발부터가 그에겐 행운이었다. 피나는 노력의 대가였다.

"그 후의 다른 어떤 승리보다도 그때의 우승은 기뻤습니다. 배고플 때나 피곤으로 쓰러지기 직전까지도 이를 악물고 연습한 결과죠. 못 견디게 괴로울 땐 고향의 어머님 생각이 났어요. 내가 잘되면 얼마나 좋아하실까 하고 말입니다. 그때 우승의 행운이 제게 계속 행운을 가져왔던 셈이죠."

그의 출전 광경을 지켜본 김재억 수영연맹회장이 바로 양정고교의 동창회장을 맡고 있을 무렵이었다. 더구나 19세의 이 떠돌이 소년의 사는 모습을 알게 된 그는 곧 양정고등학교 입학을 주선하겠다고 나섰다. 조오련은 그 후 양정고등학교를 거쳐 고려대 경영학과를 졸업했다.

"저는 수영선수라는 덕을 톡톡히 본 셈입니다. 별 고생 없이 학업을 마칠 수 있었으니까요. 오는 8회 아시안게임에서 제가 목표한 전적을 따고 은퇴해야죠. 스물여덟인데 더 할 수 있겠습니까. 당분간 은행에 머물러 전공에서 익힌 것을 활용할 생각이에요."

그의 이름이 본격적으로 부상한 것은 6회 아시안게임에서였다. 1970년, 1974년의 두 대회에서 그는 연승을 거두었고 그간 국내 대회 우승컵을 휩쓸어 아시아 제패의 관록을 키워왔다. 지난 6월 30일, 조 선수는 접영 200미터에서 2분 8초 96으로 자신의 50번째 한국 신기록을 갱신했다. 그에게서 수영은 단순한 직업이 아니고 온 인생의 열기를 집합한 결정체임에 틀림없다. 그는 몸으로만 헤엄치는 것이 아니고 머리와 가슴과 가난의 한을 합쳐 물살에 뛰어든다.

"어릴 땐 배만 아파도 '엄마 기도해 줘' 하셨다던데 지금도 기독교인이신가요?"

"아닙니다. 아직 종교에 매달리지 않고도 제 자신을 다스려나갈 만합니다. 더 자신이 없어지면 교회에 갈지도 모르지만…… 아마도 영원히 안 갈 거예요."

불현듯 고향의 부모가 생각나는지 그의 시선은 먼 데를 향했다. 그는 지금 얼마 안 되는 봉급과 연금을 부모를 위해 쪼개 쓰면서 군복무 기간을 선수촌에서 보내고 있다. 내가 그의 부모를 시골로 찾아갔을 때 노부부는 아들이 모아 보내준 목돈으로 집수리에 한창이었다. 훈련을 틈타 부모를 찾아올 때면 아버지가 즐기는 술과 해삼이니 낙지니 한 꾸러미의 안주를 사들고 온다며 어머니는 어린애처럼 아들의 모습을 그리워하고 있었다.

"여기 있을 때는 그렇게나 쌀밥이 먹고 싶더니 서울 가서 맛있는 반찬에 수북이 담은 이밥을 혼자 먹으니 왜 그리 맛이 없는지 모른다고 오련이가 내려와서 그라요. 그나저나 서울서 먹고 자는 것은 예보다 편할 것이오, 그저 몸이나 건강하믄 이제 무슨 소원이 있겠소."

밥솥 한 귀퉁이에 쌀 한 줌을 얹었다가 집안 어른을 떠드리고 모자가 꺼먼 보리밥만 먹으며 지냈노라고 그녀는 부끄러운 듯 고개를 숙였다.

이제 그들은 아무에게도 가난을 부끄러워할 필요가 없다. 이 세상의 그 누구나가 꺼리는 가난이 그들 모자를 그토록 맑고 곧게 키워온 것을 안다면 누구라도 그들을 자랑스러워해야 마땅하리라. 느티나무 아래서 안 보일 때까지 손을 흔들던 마음 착한 그 노부부의 모습이 오래오래 지워지지 않았다.

1970년대 '아시아의 물개'로 불리며 수영계의 신화를 썼던 조오련 선수는 1978년에 수영 부문 한국 신기록 50회를 수립했다. 그는 한국 신기록으로 만족하지 않고 계속 해협 종단 기록 갱신에 나섰는데, 1980년 대한해협, 1982년 영국 도버해협을 거쳐 2002년에 다시 대한해협, 2003년 한강 700리 종주에 성공했다.

2005년에는 8·15광복 60주년을 맞이해 장남 조성웅, 차남 조성모와 함께 울릉도에서 독도까지의 93km 거리를 18시간 만에 횡단했으며, 2008년에는 민족대표 33인을 기리고자 하는 의미로 독도 33바퀴 헤엄쳐 돌기 프로젝트를 성공시켜 세계를 놀라게 했다.

조 선수는 생전에 자유형 14개, 개인 혼영 12개, 접영 5개, 계영 2개 등 평영과 배영을 제외한 모든 영법에서 총 33개의 한국 신기록을 세우는 기염을 토했는데, 3차 대한해협 횡단을 한창 준비하던 중 2009년 8월 4일 전라남도 해남군 계곡면 법곡리에 있는 자택에서 돌연 심장마비로 쓰러져 57세로 사망했다. 가족으로는 아내 이성란 여사와 장남 조성웅 씨와 국가대표 선수로 활동했던 차남 조성모 씨가 있다.

1984년 아버지 조홍관 씨 작고에 이어 1986년 어머니 김용자 여사도 작고하여 해남군 계곡면 선영에 나란히 잠들었다. 그 선영에 묻혔던 조오련 씨는 2021년 국가보훈처 결정으로 손기정, 민관식, 서윤복, 김성집, 김일 등에 이어 스포츠인으로서는 여섯 번째로 국립대전현충원 국가사회공헌자 묘역에 이장되었다.

혼자 힘으로 이룬 성공은 없다

농구선수 박찬숙의 어머니 김순봉

딸의 농구 시합을 보러 단 한 번도 놓치지 않고 관중석을 찾던 어머니.

어떤 빛나는 영광도 함께 뛴 사람들의 공로 없이는 안 된다는

그녀의 준열한 가르침이

화려한 전성기에도 솔직함과 겸손을 잃지 않던

딸의 귀한 품격을 만들었다.

소문난 잔치

"따님이 1억에 스카우트됐다는 소문이 신문에 오르내릴 만큼 파다했었는데 실제는 어떤가요?"

어쩌면 제일 골치 아픈 질문이 될지도 모르는 물음부터 던졌다.

"빛 좋은 개살구지요. 소문난 잔치가 엉성하다고 크게 소문난 분수치곤 억울하기 짝이 없어요. 모 기업에서 1억을 주겠다고 했었습니다만 한마디로 거절했어요. 1억을 누가 그냥 주겠습니까? 찬숙이가 1억 원어치 봉사를 해야 한다는 얘긴데 명

색이 부모면서 좋달 수 있어요?"

태평양화학 직매 대리점을 경영하는 아버지 박응서(朴應緖, 49세)의 착잡한 대꾸였다. 여하튼 1억 설이 오고 간 것만은 사실인가 보다. 하기야 우리나라에서 스포츠와 황금은 아직도 거리가 먼 이야기이다. 대부분 어려운 환경에서도 가난을 견디고 사는 모습들이었다.

그들에 비하면 박 선수의 집은 그런대로 윤택해 보였다. 쌍문동 주택가에 자리한 100여 평의 대지 위에 깔끔하게 들어선 슬래브 신축 가옥 외양만 보아도 그랬다. 뒤뜰의 넓은 공간에 풋콩이며 들깨, 파 들이 알뜰하게 가꿔져 있고, 안방을 들어서니 떡 벌어진 자개장롱의 윤기가 눈부시다. 조그만 흐트러짐도 용서치 않을 듯한 질서정연한 맛이 느껴진다.

장신과 거구는 모전여전

널찍한 대청에 앉았던 장신의 중년 여자가 반색을 하면서 현관으로 걸어 나왔다. 체구에서 풍기는 인상도 있겠지만 어글어글한 눈매와 잘생긴 이목구비, 구수한 말솜씨가 후덕하고 든직하다. 박찬숙 선수가 물려받은 외형적인 장점이 모전여전임을 알겠다. 올해 45세가 되는 그녀의 어머니 김순봉은 자그마치 185센티미터의 키에 90킬로그램이 넘는 체격이었다.

결혼한 지 스물다섯 해인데, 본래 천안 태생이었던 그녀는 20세 되던 해 겨울, 박응서와 중매로 결혼했다. 신랑은 당시 육군에 복무 중인 25세 총각이었는데, 강경상업고등학교에 진학했다가 가정형편으로 학업을 폐하고 군에 입대했었다.

한국 남자들의 평균 신장을 훌쩍 넘는 키여서 혹시 신랑감을 찾을 때 어려움이 없었냐고 실례를 무릅쓰고 물었더니 펄쩍 뛴다.

"아유, 그런 일 없었어요. 첫 중매였는데 한 눈에 서로 마음에 들었어요. 스무 살을 넘기면 처녀 귀신이 된다고 어른들이 하도 성화를 하는 바람에 열아홉이던 그해 음력 시월 초닷새로 바로 혼인이 정해진걸요."

김순봉은 2남 3녀 중 맏이로, 어린 시절엔 비교적 살림 어려운 줄 모르고 성장했다. 교육은 마을 소학교를 끝으로 집에 들어앉아 살림을 배우고 혼수 마련으로 소일하는 평범한 처녀였다.

박 선수의 아버지 박응서는 오 형제 중 차남으로 2세 때 어머니를, 16세엔 아버지를 잃은 외로움 속에 조부모 밑에서 성장했다. 키 큰 신부를 맞선으로 만나던 날, 단번에 내 짝이구나 싶었단다.

178센티미터면 한국 남자의 표준치를 넘는 신장이지만, 이 집에선 워낙 대단한 장신들에 둘러싸여 작은 축이다. 장남 찬문(贊文, 22세)을 비롯한 찬인(贊仁, 정의여고 2년), 찬미(贊美, 선일여중 2년) 사 남매 모두가 어머니를 닮은 낭당한 체격들이어서 그 틈에 끼이면 아버지 박 씨가 제일 호리호리하고 약한 편이다. 키 큰 가족들을 거느리고 살다 보니 큰 키에 맞추느라고 문설주를 일반 주택보다 아예 20~30센티미터 높여 지었다고 박 선수의 아버지는 웃었다.

처음 맏딸 찬숙을 낳았을 때 부모는 사실 운동선수 같은 것은 꿈도 꾸지 않았다. 마냥 온순하고 무병한 탐스러운 아기였다. 업고 나서면 동네 아낙네들이 가던 걸음을 멈추고 바라볼 만큼 어여쁜 얼굴에 새하얀 피부를 지닌 이 꼬마는 어릴 적부터 부모의 사랑을 듬뿍 받았다.

가정의 따뜻함을 거의 모르고 자라온 아버지는 철저하게 가정적인 남자였다. 어머니 김순봉은 그에 비하면 오히려 대범한 성격이다. 운동선수 딸을 뒷바라지하는 데도 어머니 못지

않게 자상한 데까지 신경을 써주는 쪽은 아버지다.

중학 시절 육상선수로 여러 번 상도 탔다는 박 선수의 아버지는 어려서 달리기를 곧잘 하는 딸이 육상선수가 되는 줄 알았다고 말했다.

아닌 게 아니라 박찬숙 선수는 큰 체구이지만 발이 무척 빠르다. 15세 때부터 60미터를 8초 4에 달렸다는 그녀는 땅 위로 보통 두 자 정도는 뛰어오를 만큼 가볍게 몸을 놀리는 선수로 유명하다.

어머니는 딸의 운동 시합이 있을 때면 만사를 제쳐두고 관중석을 차지한다. 결혼 25년 동안 가정부를 두지 않고 손수 남편과 자녀 수발을 도맡아왔다는 그녀도 이날만은 도우미를 불러놓고 운동장으로 달려간다고 했다.

늘 상냥하고 부지런한 박 선수는 집에서도 어른들의 칭찬을 끊이지 않게 들었다. 우연히 국민학교 5학년 무렵에 동대문구 어린이 육상경기대회에 출전했다가 유망주로 발탁되어, 숭의국민학교에서 교섭을 받은 것이 농구선수로의 첫 발걸음이었다.

운동도 만능, 성격도 만점

박 선수 부모는 6·25 이후 상경하여 줄곧 창신동에서 살아왔다. 남편은 토건업에 종사하면서 1978년 봄에 운 좋게 박 선수를 맞이한 태평양화학주식회사의 화장품 직매 대리점 경영을 맡기 전까지는 국립의료원 관리과 직원으로 근무해 왔다.

박찬숙은 숭의국민학교에서 교섭을 받기 전까지 5년 동안은 창신국민학교에 다녔다. 성적은 중상 정도. 빼어난 우등생은 아니었지만 운동 종목에선 무엇이든지 우수했다. 육상경기대회에서 인정받은 것이 계기가 되어 한꺼번에 여러 학교에서 오라는 교섭이 들이닥쳤다.

5학년 때 벌써 170센티미터였으니까 농구선수 육성에 꿈이 있는 곳이라면 당연히 눈독을 들일 만했다. 처음 동신국민학교에서 선수로 기르겠다는 제의를 해와서 대답을 했는데, 이틀 뒤에 숭의국민학교 이중근 체육주임이 달려왔다.

"그때 제가 우겨서 숭의로 보냈어요. 이왕이면 중고교까지 든든히 맡아 길러줄 학교에 보내야겠다고 생각했어요. 자랄 때 사람들이 저렇게 키가 크니 농구선수가 되겠다고 할 때는 그저 듣고 지나쳤는데, 그렇게 정식으로 교섭을 받고 보니 희망이 생기더군요. 적성에 맞는다면 우리 부부가 데리고 애를 쓰는 것보다 학교에 맡겨 선수 교육을 받게 해야겠다는 것이 제 생각이었어요."

어머니도 쾌히 승낙했다. 숭의에서는 그날로 박 선수를 데려다가 선배였던 숭의 농구팀 이은숙 선수 집으로 숙소를 정하고, 동신국민학교 측의 반발을 피하느라고 귀가까지 제한하면서 철저한 보호를 폈다.

"별안간 집을 떠나니 어린 찬숙이는 날마다 전화통에 매달려 엉엉 울더군요. 한 보름은 그랬을 거예요. 생각 같아서는 농구고 무엇이고 다 집어치우고 내 딸 내가 기르겠다고 호통을 치고 싶었지만 꾹 참았지요. 네 장래에 도움이 된다면 그 정도는 참을 줄 알아야 한다고 타일렀지요."

그 후 딸이 비교적 어른스럽게 남들 틈에 끼어 고된 훈련 생활을 이겨내서 다행이었다.

박 선수는 상냥하고 성격이 곱다. 형제들 간에도 좀처럼 다투는 일이 없었다. 합숙 훈련 생활을 하다가도 집에 돌아오면 자기 빨래는 모두 스스로 빨아서 널고 난 다음에야 쉬는 깔끔한 성격이다.

그녀가 제일 따르는 사람은 오빠 찬문 씨다. 늘 대화가 끊

이지 않고 학교생활이며 훈련의 어려움을 숨김없이 털어놓곤
했다.

"네 아이 모두에게 어려서 한 차례 꾸지람도 크게 못 해봤어
요. 저희들이 순하고 우애가 있으니까 그렇겠지만, 아이들에게
심하게 한 뒤엔 일이 손에 안 잡혀요. 더구나 찬숙이는 5학년
이후론 집에 있는 시간이 거의 없다시피 했죠. 주말이면 빨래
보퉁이를 들고 집에 돌아와서 제가 만들어주는 음식을 즐겨
먹고 가곤 했어요."

결혼보단 운동이 먼저

지금도 박 선수는 1년 중에 1개월 정도만 집에서 머문다. 그
것도 몰아서 1개월이 아니고 대회를 마친 뒤 틈을 봐서 4~5일
정도씩이다.

3~4년 뒤면 시집을 가야 할 텐데 운동에만 몰두하는 딸이
어머니는 슬그머니 걱정이 된다. 한쪽으로는 딸을 시집보낼 걱
정을 하면서도 요즘 어머니는 딸의 게임 전적에 함빡 마음을
쓰고 있다. 중계방송이나 TV를 보다가 박 선수가 실수라도 하

게 되면 뛰어 들어가서 손목이라도 마주 잡아주고 싶은 심정이란다.

원래 큰 인물의 뒤에는 큰 어머니가 있는 법인가 보다. 김순봉도 대선수를 기른 열성파 어머니임에 틀림없는 것 같다. 반칙 득점 등 게임 룰에도 농구 평론가 못지않게 훤하다. 그러나 어머니이기 때문에 더욱 딸의 미래를 위해서 세세한 근심 걱정도 감추지 않았다.

그녀는 세계적인 대선수가 되기 위해 안간힘 쓰고 있는 딸의 훈련 생활을 한마디로 잘라 말했다.

"철창 없는 죄인이죠. 자고 나면 코트에서 볼과 씨름해야 하는 그 애의 생활이 때로는 측은합니다. 다른 친구처럼 놀고도 싶고 몰려다니고도 싶을 텐데 밤낮 맹훈련이다, 뭐다 해서 뜀박질을 하고 있으니 몸이 못 견딜 것 같아 걱정이에요. 고교 재학 중에도 옳게 받아본 수업은 단 두 시간뿐이었어요. 밤낮 들쑥날쑥 훈련하다 지나치고 나니 머릿속에 뭐가 남겠어요……."

2년 전 국가대표 선수들의 수업 전폐 문제가 대두되어 문교부는 오전 수업을 의무화하도록 강경한 조처를 취했다.

"태릉서 남산까지 아침마다 만원버스에 실려 가서 수업이라고 받고 나면 다시 먼 길을 되돌아와서 훈련을 받았죠. 새벽

훈련 마치고 버스로 학교에 도착하고 나면 쓰러질 판이니 억지수업을 받는 것이 오히려 무리더군요. 운동도 안 되고 수업도 안 돼요. 결국 수업을 포기하게 됐어요."

사실 이것은 심각한 문제다. 국가대표 선수로서 국위를 떨치는 기간은 한 선수 개인으로 보면 일생의 10분의 1 정도에 지나지 않는다. 그 짧다면 짧은 영광을 위하여 인생을 송두리째 쏟아부어야 하는 것이다.

보상은 없다. 화려한 이름도 2~3년 뒤엔 건망증 심한 국내 스포츠 팬들에게서 금방 잊히고 만다. 결국 맥이 빠진 부모들은 "은퇴하고 그만 시집가서 잘 살아라. 여자의 행복은 뭐니 뭐니 해도 훌륭한 가정을 이루는 데 있지 않느냐?"로 낙착돼버린다. 좀 더 장기적인 선수 육성책이 아쉬운 대목이다.

'미의 여왕' 등극

박 선수는 어머니가 만들어주는 고추장, 오이소박이를 좋아해서 해외 원정 때는 김과 함께 빼놓지 않고 챙긴다. 박 선수는 원정 떠날 때 오래전부터 불교 신자였던 어머니에게 절에

214

다녀오라고 조른단다. 승패를 가늠하기 어려운 대시합을 앞두고 마음이 약해지는 탓일까?

"이번 쿠알라룸푸르대회 땐 절에도 못 갔어요. 그런데 그렇게 시원스레 이겼군요. 찬숙이에게 앞으로 꼭 가겠다고 약속했어요."

어려서는 남달리 키가 커서 박찬숙도 고민이 많았다. 국민학교 6학년 때 용건이 있어 교무실에라도 갔다가 나올라치면, 동급 꼬마들은 으레 선생님이겠거니 꾸뻑 절을 하는 것이었다.

"엄마, 나를 왜 이렇게 크게 낳았어!"

딸은 가끔 투정을 부렸다.

"철들기 전엔 저러다가 비뚤어지면 어쩌나 걱정했어요. 다행히 운동에 몰두하고부터는 오히려 키 때문에 덕을 보는 형편이니 우월감을 느끼기 시작하더군요."

어머니가 들려준 이 말처럼 박찬숙은 오히려 자신감에 넘쳐 있다. 팀워크에서 가장 중요한 멤버들 사이의 인화도 박찬숙만큼 원만한 리더가 드물다. 함께 힘을 합쳐 뛰어놓고도 박찬숙 이름만이 매스컴에 자주 오르내린다 하여 동료들의 빈축을 사기도 했지만, 그럴 때 박 선수가 처신하는 것을 직접 대한 사람들은 모두 입을 다물게 된다. 겸손하고 솔직하기 때문이다.

한때 '키다리'니 '장다리'니 '인간 점보기'니 매스컴이 붙여 놓은 별칭이 싫어서 박 선수는 기자 기피증에 걸렸었다고 활짝 웃었다.

그녀가 상당한 미인이라는 것은 이미 매스컴에선 정론이다. 1975년 콜롬비아에서 개최한 제7회 세계여자농구선수권대회에선 콜롬비아 농구팬들에게 '미의 여왕'으로 뽑혔을 정도다. 세계에서 모여든 스포츠 기자들은 이 예쁜 거구의 소녀 스냅을 찍기 위해 렌즈를 맞추기에 바빴다.

어린 나이지만 두툼한 상복을 자랑하는 박찬숙이 제일 기뻐했던 상은 한국신인체육상, 숭의여고 1학년 학기 말, 16세의 나이로 콜롬비아대회에서 국가대표 선수로 활약한 직후였다.

"찬숙이만 잘해 상 탔겠어요?"

"상을 탈 때마다 저는 겸손하라고 일러요. 크게 되려면 작은 일도 잘해야 한다, 함께 고생한 친구 선수들의 공로를 잊지 말아야 한다고요. 상은 찬숙이가 타도 찬숙이만 잘해 상

탔겠어요?"

어머니의 마음 씀씀이가 퍽 호인답다. 대선수가 될 수 있는 체력과 인격의 바탕을 어머니가 주었고, 모교 숭의에서는 그 바탕 위에다 보암직한 건물을 세운 셈이다.

박 선수는 1976년 홍콩 아시아농구대회 출전 이후 허리 통증에 시달려 전문의로부터 디스크 진단을 받은 적이 있다. 코트에서 뜀박질할 때는 거의 무의식에 가깝지만, 경기를 끝내고 나면 무서운 통증을 느낄 때가 많았다.

어머니의 정성스러운 보살핌 속에 꾸준히 물리치료를 받고 이젠 거의 정상적인 몸이 되었지만, 한번 놀란 가슴이라 어머니는 딸의 체력 관리에 무척 관심을 쏟고 있었다. 특히 이번 대회를 끝내고는 전력을 다해 싸운 탓인지 피곤에 겨운 모습이었다고 걱정이 대단했다.

6~7년 전만 해도 사람들은 으레 여자 농구라면 박신자(朴信子) 선수를 떠올렸다. 11세부터 농구코트에서 다져진 박찬숙의 게임 매너는 거의 일류급이다. 그녀는 게임의 신사도를 지키려 애쓴다. 빠르면서도 침착한 플레이다.

무엇보다도 그녀를 돋보이게 하는 것은 그녀의 훤칠한 장신이다. 박 선수는 박신자 선수보다 12센티미터나 크고, 남자 농구선수의 대명사가 되다시피 한 신동파(申東坡) 선수의 키보다는 2센티미터 작다. 힘껏 손을 뻗치면 링 위 20~30센티미터까지는 무난히 닿을 수 있는 훌륭한 점프를 구사한다. 국내에서 그녀를 대적할 선수가 현재로선 없다.

그녀는 이제 국내의 적을 의식하지 않는다. 세계를 제패하는 것이 그녀의 꿈이다. 190센티미터의 신장에 82킬로그램 몸무게를 지닌 그녀는 해외 장신 선수들과 나란히 선다 해도 조금도 꿀릴 것이 없다. 당당한 체구에 흠잡을 데 없는 점프 슛을 쏘아대는 박 선수다.

상당한 게임 역량을 지녔으면서도 짧은 신장을 탓해야 했던 침체 일로의 한국 여자 농구계에 그녀는 분명한 활력소 역할을 하고 있다. 사막의 오아시스처럼 박 선수의 존재는 보배스럽다. 지붕 없는 건물처럼 이제 키다리 박찬숙이 빠진 한국 여자 농구팀을 상상할 수 없게 되었기 때문이다. 마룻바닥에서 3미터 5센티미터 높이의 바스켓에 접근하는 상대방의 볼을 그녀는 거의 자유자재로 차단할 수 있다.

1979년 세계여자선수권대회에서
슈팅하는 박찬숙 선수

무형의 영광

그녀가 농구선수로서 각광을 받기 시작한 것은 5년 전 숭의 여중 대표선수 시절부터다. 만 14세, 186센티미터의 장신으로 폭발적인 득점 실력을 올려 농구계의 군침을 삼키게 했다.

매번 그녀가 졸업반이 될 때마다 심심치 않게 스카우트 열 풍이 덤벼들었다. 하늘 높은 줄 모르고 뛰어오른 그녀의 주가 에 시샘도 많았다. 그러나 박 선수는 숭의학원 소속을 스스로 꾸준히 고수해 왔다.

딸이 원정을 다녀올 때마다 신문 곳곳에 보도된 뉴스들을 오려 모아온 아버지는 정성스러운 두 권의 스크랩북을 만들 었다. 올해 3월부터 박 선수는 오랫동안 몸담았던 숭의를 떠 나 실업팀으로 옮겨왔다. 농구협회가 잠정적으로 내세운 드래 프트 제도(취업 희망서를 낸 선수들을 팀 관계자들이 추첨으로 나누 어 맡는 방법)에 묶여 박 선수의 향방은 태평양화학으로 매듭 지어졌다.

한때 장신을 탐낸 일부 체육인들은 배구선수로의 전향을 권유하기까지 했었다. 지금 그녀는 태평양화학 평사원 자격으 로 실업팀을 이끌며 국가대표팀에 합세하고 있다. 이중삼중으로 바빠진 그녀지만 그녀에게 돌아오는 것은 무형의 영광 외엔 별것이 없다. 보너스 백 퍼센트에 평사원 봉급 월 9만 원을 받는 직업선수로서의 고달픈 나날이 있을 뿐이다.

"모두들 그렇게밖에 안 되느냐고 의아해하지요. 그러나 그게 마음 편합니다. 지금이라도 그만두고 싶으면 그만둘 수 있는 자유선택권이 있으니까요. 79년 서울대회만 치르면 딸을 은퇴시키고 싶어요."

게임 시초부터 종료까지 줄곧 코트에서 뛰어야 하는 한국 여자 농구팀의 실정을 감안한다면 박 선수의 개인적인 고충은 당분간 접어두어야 할지 모른다. 그러나 대선수를 대선수답게 이끌고 기르는 적극적인 대책이 서지 않는 한, 박 선수에게 계속적인 선수 생활을 강요할 수는 없다.

좀 더 좋은 여건에서 오래도록 선수 생활을 할 수 있는 날은 언제일까? 박 선수를 돌보는 주변 사람들의 이런 염원을 되새기며 하직 인사를 나누었다.

일어서서 마주 올려다보이는 모녀의 두 얼굴이 유난히도 닮아 있다. 어머니의 신발 치수가 보통 사이즈보다 월등히 커야 하기 때문에 특별 주문해서 신는다는 걸 보면 일반인보다 큰 이 댁 가족들의 공통된 불편이 꽤 많을 것도 같다.

"기성복도 잘 안 맞겠죠?"

"물론 그래요. 아주 어릴 적부터 엄마가 모두 만들어주셔요. 덕분에 엄마 바느질 솜씨는 상당하답니다."

웃음기 어린 박 선수의 답변에 어머니도 짐짓 고개를 끄덕여준다. 온 식구가 함께 나누는 고충이라 이젠 적응이 된 듯하다. 이 즐거운 거인 가족에게 작별을 고하는 내 발걸음도 유난히 가벼웠다.

박 선수는 이 인터뷰가 있던 이듬해인 1979년 서울에서 열린 FIBA 세계여자선수권대회에서의 은메달에 이어 1984년 로스앤젤레스 올림픽 여자 농구 국가대표팀의 은메달 획득으로 이름을 날렸다.

이후 1985년까지 점보 리그에서 활약했는데, 결혼과 출산 후 1988년에 대만 여자 농구 리그에서 주부선수로서 활약하여 또 한 번 화제를 낳았다. 1992년에 플레잉코치로 국내 무대에 복귀, 1994년에 은퇴했다. 은퇴 직후부터 태평양화학팀 코치를 맡아 활동했다.

친동생인 박찬미도 농구선수로 활동하였고, 딸 서효명(예명 서민서)은 배우로, 아들 서수원은 모델로 활동하고 있다. 부군 서재석 씨와는 2009년 사별했다. 왕년의 인기 스포츠 스타로서 TV 방송에 자주 나오며, 태평양화학의 광고 모델이 되기도 했다.

지금은 예쁜 딸과 아들의 활동을 흐뭇하게 지켜보며, 2023년 3월부터는 서대문구청이 창단한 여자실업농구단의 사령탑으로 활약하고 있다. 박 여사는 최근 한 TV 프로그램에서 "어머니가 5년, 아버지가 2년 동안 투병 생활을 하다 돌아가셨다. 2009년에는 암 투병 중이던 남편마저 사망했다. 지금도 남편이 어딘가에서 남은 가족들을 지켜주고 있다는 생각을 하며 산다"고 말해서 시청자들의 가슴을 뭉클하게 했다.

|사진 출처|

이 책에 수록된 사진들은 해당 인물 및 유가족의 동의하에 제공받거나, 관련 법률을 준수하여 사용하였습니다.

38, 191, 219쪽: 연합뉴스 포토 제공

172쪽: ⓒ전민조, 눈빛출판사 제공

이 사람을 기른 어머니

초판 1쇄 2024년 2월 1일

지은이 | 고경숙
펴낸이 | 송영석

주간 | 이혜진
편집장 | 박신애 **기획편집** | 최예은 · 조아혜 · 정엄지
디자인 | 박윤정 · 유보람
마케팅 | 김유종 · 한승민
관리 | 송우석 · 전지연 · 채경민

펴낸곳 | (株)해냄출판사
등록번호 | 제10-229호
등록일자 | 1988년 5월 11일(설립일자 | 1983년 6월 24일)

04042 서울시 마포구 잔다리로 30 해냄빌딩 5 · 6층
대표전화 | 326-1600 **팩스** | 326-1624
홈페이지 | www.hainaim.com

ISBN 979-11-6714-077-7

파본은 본사나 구입하신 서점에서 교환하여 드립니다.